통영이에요, 지금

통영이에요, 지금

산양유서벗 & 벚꽃

구효서
장편소설

해냄

제목에 '요'가 들어가는 세 번째 장편이에요.

동피랑의 바다가 내려다보이는 카페에서 산양유 셔벗에 에스프레소를 부어 먹다가 김필의 〈청춘〉을 듣게 되었지요.

그 노래에 붙들려, 앉은 자리에서 이 소설의 첫 챕터를 썼어요.

아는 사람은 알지요. 김창완이 1981년에 부른 노래라는 걸.

"언젠간 가겠지 푸르른 이 청춘……."

정말로 많은 청춘들이 다 피기도 전에 푸르게 푸르게 스러져갔던 엄혹한 시절이었어요.

그래요. 먼 이야기는 저 먼바다로부터 오는가 봐요.

푸르지만 시리고 못내 아팠던 청춘의 빛깔이니까요.

깊게 사무쳐 좀처럼 바랠 줄 모르는.

다시 봄이 오고, 올해도 남쪽 바다 그 도시엔 길 따라 벚꽃이 피겠지요.

소설 속 박희린은 저와 같은 해 태어났어요. 그해 발표된 노래가 있어요. 박재란 선생의 〈산 너머 남촌에는〉이죠. 해마다 봄바람은 남에서 오고, 어느 것 한 가지도 실어오지 않는 게 없다는 노랫말이 참 좋네요.

2023년 3월
구 효 서

차례

바다가 내려다보이는

카페

형에게

"그럴 테죠?"

그녀는 이런 식으로 말해요. 그럴 테죠? 라고요. 그리고 고개를 끄덕여요. 천천히.

"아마…… 그럴 거예요."

이건 그녀의 후렴 같은 거고요.

목감기에서 이제 막 헤어난 사람처럼 그녀의 목소리는 살짝 허스키하고 낮은데, 서늘하지는 않아요.

그런 거예요, 라거나 그렇다니까요, 라고 그녀가 단정적으로 말하는 걸 들은 적이 있었던가……. 지금 다시 생각해 보아도 잘 떠오르지 않네요. 그러겠죠? 아마 그럴걸요, 라는 식으로 그녀는 말하니까.

◇

말하니까, 라고 쓰고 이로 씨는 종이 위에 펜을 내려놓았다.

두 팔을 머리 위로 곧장 뻗어 아아함, 기지개를 켰다.

소리가 너무 커서 이로 씨는 자기 하품 소리에 좀 놀랐다. 아무
도 없는 방 안을 두리번거렸다. 멋쩍었을까. 그는 양손 손가락 마
디를 번갈아 톡톡 꺾었다.

그의 방에 책상 같은 건 없다. 엔제리너스 커피숍 같은 데서 볼
수 있는, 굵은 다리 기둥 하나짜리 1인용 탁자가 있을 뿐. 의자라
는 것도 커피숍 용품. 탁자 패널의 표면은 희고 매끄럽고 빛났다.
그 위에다 종이를 펼쳐놓고 이로 씨는 편지를 썼다.

형에게

젊었을 때도 그녀의 목소리가 저토록 낮고 허스키했을까, 나는 가끔 궁금해져요. 괜히요. 물어볼 것도 아니면서. 그런 걸 뭘 하러 묻겠어요. 그러니 알 수 없죠. 젊었을 때도 그랬는지 안 그랬는지.

그래요. 어쩌면 나는 그녀가 젊지 않다는 걸 이런 식으로 형한테 말하고 있는 건지도 몰라요. 그녀는 젊지 않아요. 대략 우리 나이쯤 아닐까.

나이를 맞추는 거라면 내 짐작이 빗나갔던 적이 별로 없어요. 모든 사람의 나이를 맞춘다는 얘기는 아니고요, 나와 비슷한 나이에 한해서 그 짐작이 한두 살 이상 빗나가지는 않더라는 거죠.

같은 시절을 살아와서 그럴까. 함께 겪은 시절이 우리들 어딘가에 냄새처럼 배어 있다가 같은 계절을 지나온 사람에게 문득

맡아지는 것. 나는 좀 애틋해지데요, 그럴 때. 남이라도 남 같지
않고 어딘가 혈육같이 뭉클해지는?

형이 나보다 한 살 많다는 것도 내가 정확히 알아맞혔었잖아요.

묻지는 않았지만, 하여튼 그래서 그녀가 우리 나이쯤 아닐까
짐작하는 거예요.

아, 그녀는 이곳에서 아이스크림 카페를 해요. Tolo요.

◇

바다가 내려다보이는 작은 카페예요, 라고 이로 씨는 적었다. 창문의 사각 유리들을 지탱하는 금속 창살은 그녀가 손수 칠한 페인트로 반짝이는데 그 빛깔은 아무래도 산토리니 블루라고 해야 할 것 같다고 그는 이어 썼다.

이로 씨의 볼펜은 볼펜 몸도 볼펜 심도 굵었다. 볼펜 몸의 색깔이 무광택에 짙은 브라운이어서 뚜껑에 달라붙어 있는 앙증맞은 해바라기 장식만 아니라면 시가라고 해도 믿을 정도였다.

그걸로 그는 자신의 전용 원고지에다 그림을 그리듯 글을 써 내려갔다. 몇 자 적고 오래 쉬고 몇 자 적고 한참을 멈추었다. 생각을 많이 하는 거라고 해야겠지만 다른 이유도 있었다.

이로 씨는 자신의 필체를 사랑했다. 자신이 써놓은 글자들을 약간은 황홀하게 바라보았다. 그러느라 쓰는 게 더뎠다.

굵은 글씨에 비해 그의 전용 원고지 칸은 그리 넓은 편이 아니었다. 원고지라고 해야 A4 용지 크기의 백지에 가로줄을 죽죽 그어놓은 것이었다. 세로줄은 없고 가로줄만. 그래서 편지지와 크게 다를 게 없었는데 가로로 죽죽 그은 선이 홑선이 아닌 겹선이라는 점이 달랐다. 글을 쓰든 안 쓰든 이것만은 언제나 그의 가방에 있었다.

그런 원고지 위에다 이로 씨는 캘리그래퍼처럼 글을 써나갔다. 문장보다는 자신의 글씨에 더 취해서. 이로 씨는 그런 사람이었다. 글씨가 동글동글하고 귀엽고 예뻤다. 그의 글씨를 본 사람들을 금방 그의 글씨를 좋아해버렸다.

원고지 맨 아랫면 오른쪽 여백에는 '이로 전용 원고지'라고 새겨져 있었다. 35년 전 서울의 을지로 인쇄 골목에서 찍어낸 용지인데, 그때 한꺼번에 너무 많이 찍어서(적은 분량은 찍어주지도 않았으니까) 여태 그걸 쓰는 거였다. 그런데 웬 전용 원고지일까.

작가니까. 이로 씨는 소설가였던 것이다. 그러니 전용 원고지는 그에게 자연스러운 물품일지도. 작가들에게, 35년 전에는, 자기 전용 원고지쯤 예사였다.

하지만 지금이 어느 시대인가. 죄다 컴퓨터로 글을 쓰고 보내는데 아직 종이에다 그것도 전용 원고지라니. 여기서도 이로 씨가 이로 씨인 까닭이 드러나는 것이다.

이로 씨는 이 바닷가 도시에서도 석 달 정도만 머물기로 했다. 월세 원룸에서 커피숍 전문용품 의자에 앉아, 기둥 하나짜리 1인용 탁자에 종이를 펼쳐놓고, 몇 글자 적고 쉬고 몇 글자 쓰고 멈추기를 반복하면서, 자신의 글씨를 감상하고 감상하고 감상했다. 이로 씨는 그런 사람이었다.

형에게

그녀의 카페는 이 도시의 동쪽 언덕에 있어요. 내가 이곳에서 하는 일이라고는 슬슬 걷는 게 전부라고 할 수 있으니까 동쪽 언덕도 자주 오르죠.

형도 알겠지만 이곳 바닷가 도시를 방문하는 사람들은 반드시라고 해도 좋을 만큼 그 언덕을 올라요. 기념품 가게들, 예쁜 카페들, 특색 있는 음식점들이 있죠. 다 고만고만하고 다닥다닥해요.

걷다가 아무 데나 들어가 무언가를 먹거나 마시거나 쉬면서 바다를 내려다보기 좋은 곳이죠. 나는 이 도시에 글 쓰러 온 게 아니라 글을 안 쓰러 온 거니까 하냥 돌아다니거나 하냥 멈추어 앉아서 맥없이 어딘가를 봐요.

그녀의 아이스크림이 입맛에 맞아서 종종 그곳 카페에 가죠.

그녀가 직접 만드는 아이스크림이에요. 손과 팔을 움직여 웃샤웃 샤 만들죠.

쿠키며 스콘, 타르트 같은 것도 조금씩 만들어요. 아이스크림 따위 좋아하지 않는 사람(우리 나이엔 그런 거 잘 안 먹잖아요)의 입맛에 맞는 아이스크림이란 어떤 맛일까 궁금하죠? 하여튼 그런 맛이란 게 있더라고요.

"휘핑크림 같은 거 그다지 넣지 않지만 써야 할 때는 산양젖으로 만든 것만 써요."

그녀의 비법이란 그게 전부랬어요. 적은 양의 산양유 휘핑크림. 그래서 그런가 봐요. 아이스크림이라기보다는 셔벗에 가깝거든요. 시원하고 금방 녹고. 그래서 나는 먹을 때마다 셔벗이잖아, 하고 속으로 중얼거려요.

입자 굵은 아이스크림 위에 슬라이스 아몬드 조금 얹고 반으로 쪼갠 생딸기 한 조각(어떤 때는 슬라이스 키위 한 조각) 달랑 올려놓는데 정말 맛있어요.

그걸 한 스푼 떠먹고 나면 나도 모르게 고개가 *끄덕*여지거든요. 그래서 스프링 목 인형처럼 고개를 *끄덕끄덕 끄덕끄덕*해요. 아이스크림 맛이 낮고 허스키한 주인의 목소리를 닮았어, 하고 *끄덕끄덕*.

그러다 보면 어느 순간 그녀가 날 바라본다는 걸 느끼게 되죠. *끄덕끄덕*거린 게 쑥스러워서 웃을 수밖에요. 그러면 그녀도 따라 웃어요.

그게 아이스크림 가게지 무슨 카페냐고 형은 궁금해할지도 모르겠네요. 근데 카페예요. 커피도 파니까. 이런저런 커피가 있는데 특히 Tolo 브랜드가 맛있어요. 값도 싸고요. 희한하게도 생두를 운두가 깊은 무쇠 프라이팬 같은 데다 볶더라고요. 형도 한번 마셔보면 엥? 하고 그 맛에 놀랄걸요.

◇

시가처럼 굵은 볼펜으로 슥슥 적어 내려가는 글은 이로 씨의 소설일까.

하지만 그는 자기 글에다가 '이 도시에 글 쓰러 온 게 아니다'라고 적지 않았던가. '안 쓰러 왔다'고, 안 쓰기 위해 이곳에 온 거라고 하지 않았던가.

글 안 쓰러 왔다는 말을 자기가 쓰고 있는 글에 적다니. 저 '글'은 뭐고 이 '글'은 뭘까. 역시 이로 씨는 좀 그런 사람인가. 아니면 지금 쓰고 있는 '글'은 그가 말하는 '글'에 해당하지 않는다는 뜻일까.

이로 씨는 다시 글쓰기를 멈추고 두 팔을 곧게 펴서 머리 위로 뻗었다. 이번에는 하품을 하지 않았다. 바보 같은 하품 소리는 내지 말아야지 싶었던 걸까. 하품이 잘 참아져서 혼자 만족해 웃는 듯했는데 웃는 모습이 또 바보 같았다.

　지금까지 쓴 몇 장의 원고를 한번 훑어보고 이로 씨는 그중 일부를 갈색 서류 봉투에 넣었다. 그리고 겉봉에 강원도 영월군으로 시작되는 주소를 적었다. 주소 끝에는 김재원이라는 이름.

　편지인가? 편지라면 소설 작품이 아니므로 그에겐 '글'이 아닌 걸까. 그의 글을 대신 타이핑해 주는 사람에게 보내는 소설? 잡지사든 단행본 출판사든 육필 원고보다는 파일을 원할 테니까. 김재원이라는 사람은 소설 원고 전문 타이피스트일까.

　아니겠지. 이로 씨만큼 컴퓨터 자판을 잘 두드리는 사람도 없었으니까. 그가 전용 원고지에 펜으로 글을 쓰는 까닭은 아름다운 필체에 힘입어 자신의 소설이 더 만족스러워지기를 기대하는 마음 때문이었다.

　펜으로 소설을 다 쓰고 나면 그는 지체 없이 타이핑을 했는데 그 속도가 눈으로 읽는 것과 다르지 않았다. 그러니 이번 글이 소설이 아닌 것만은 분명하나, 편지라고 하기엔 보내는 사람이나 받는 사람의 안부도 없었을 뿐더러 내용이라고는 온통 아이스크림 카페의 '그녀'에 관한 것뿐이었다.

　글의 일부가 든 서류 봉투를 방바닥에 내려놓고 이로 씨는 역시 또 그녀에 관해 이어 썼다.

형에게

놀랍게도 말이죠, 그녀는 손편지를 쓰고 있었던 거예요. 나에게 이처럼 놀라운 일이 또 있을까요. 형도 알다시피 나도 손으로 글을 쓰잖아요.

젊어 한때 어린아이들을 가르쳤었대요. 그 아이들이 다 중년에 가까워진 거죠. 전국에서 편지가 당도해요. 그녀는 이 도시의 언덕에서 아이스크림을 만들고 타르트를 굽고 커피를 볶으며 일일이 답장을 썼어요. 바다가 내려다보이는 산토리니 블루의 창가에서.

지금 내가 너무 호들갑스러운가요? 그렇게 보이겠죠. 하지만 내 말 한마디만 더 들으면 형도 이해가 될걸요. 그녀는 편지만 손으로 썼던 게 아니었어요. 소설도 손으로 썼거든요.

그래요, 소설이요. 소설가는 아닌데 소설을 썼어요. 손편지를 쓰듯 원고지에다가 손으로요. 아, 소설은 아니었어요. 아니래요, 소설이. 아, 내가 지금 호들갑스러운 게 아니라, 정신이 없는 거네요. 정신이 나갔나 봐요. 형한테 그녀 얘기를 하려니 절로 그리되네요.

쉬며 쉬며 이야기할게요. 내가 이 도시에 온 게 뭣 때문이게요. 이런저런 곳에서 한 계절씩 살아보자고 서울을 떠난 이유가 뭐게요. 큰 숨 쉬고 느리게 걷고 말을 말며, 적어도 한 계절의 여정이 끝날 때까지는 글도 쓰지 말아보자고 떠나온 거잖아요.

그런데 형에게 글을 쓰고 마네요. 그것도 긴 글이 될 것만 같은. 안 쓸 수 없었다고 한다면 엄살이나 핑계 같아 보이겠지만요.

그래요. 나는 이 이야기를 서두르지 않을래요. 그녀를 만난 얘기를 하나하나 찬찬히 해가면서 그녀가 직접 손으로 쓴 이야기도 형에게 조금씩 보낼게요. 그녀의 원고가 나에게 통째로 있거든요.

아직은 모르겠어요. 나의 이곳 이야기가 써지는 대로 그때마다 조금씩 나누어 그녀의 원고와 함께 형에게 부치게 될지, 아니면 모두 쓴 다음에 내 글이든 그녀의 글이든 한꺼번에 보내게 될지.

어찌 되든 형은 그냥 받아줘요. 왜 형이 내 얘기와 그녀의 얘기를 읽어야 하는지는 곧 알게 될 거예요.

◇

　이로 씨가 의자에서 일어났다. 아까와는 다른 서류 봉투를 방
바닥에서 집어 들었다. 이번에는 갈색이 아닌 흰색 봉투였다.

　방에는 책장 같은 것도 없었다. 가방, 안경집, 종이봉투, 원고용
지, 책 등의 물건이 방바닥 귀퉁이에 놓여 있거나 쌓여 있었다. 이
로 씨의 옷가지 몇 개만 벽걸이용 옷걸이에 걸려 있었다. 나머지
옷들은 개켜진 채 다른 물건들과 함께 방 한쪽을 차지했다.

　정리정돈이 제대로 되었다는 느낌은 없었다. 그렇다고 너저분
한 방이랄 수도 없었다. 살림이 워낙 단출했다. 주방도 1인실 기
본 옵션일 뿐 이로 씨 개인 취사도구는 한 가지도 없었다.

　정리정돈을 제대로 안 해도 지저분해 보이지 않는 가장 큰 이
유는 이로 씨가 묵게 된 방이 새로 지은 건물의 깨끗한 방이라는

거였다. 이로 씨가 첫 사용자였다. 좋은 자재는 아니어도 모든 게 반짝반짝 빛났다.

전혀 때 묻지 않은 바닥과 벽과 천장, 유리와 새시, 그리고 짙은 새집 냄새가 아직은 이로 씨를 방의 주인으로 받아들이지 않는 것 같았다.

창문으로 환하게 들이비치는 남녘의 긴 햇살도 이 방에 묵는 이로 씨의 존재감을 자꾸만 엷게 했다. 그 창문으로 바라보이는 먼 하늘과 바다, 점점이 떠 있는 푸른 섬의 풍광도 이로 씨를 어느 순간 솜사탕처럼 녹아 사라지게 할 것처럼 보였다.

그가 바닥에서 집어 든 흰 서류 봉투는 한껏 두툼했다. 400자 원고지 뭉치였다. 작고 빽빽한 네모 칸에 반듯한 글자들이 촘촘했다. 이로 씨가 통째로 갖고 있다던 '그녀의 원고'였다. 소설인지 아닌지 모르겠다던.

소리 없이 끌어당기는

#1

나에게 남자가 둘이나 생겼어. 뭐 이런 일이 있어, 나에게.

그때 그런 생각을 했다. 지금도 그런 생각을 한다.

서른둘 나이에 남자 둘이 생겼다. 남자 둘. 머리핀 둘, 런천미트 둘. 그런 둘. 나는 서른둘.

그런 둘이라고 해도 되나? 될까? 그때 그런 생각을 했다.

그런 둘이라고 해도 됐으려나? 그랬으려나? 지금도 그런 생각을 한다. 남자 둘을 막 이런 식으로 말해도 될까? 첫눈에 반해버렸다고 '한 남자'가 나에게 말했고 나도 그를 좋아한다고 했다. 분명 그랬던 것 같다. 정말 오래전의 일.

그가 나를 떠난 건지 죽은 건지 행방불명된 건지 나는 몰랐다. 그는 어느 날 없어졌고 나는 잡혀갔다. 그때 나는 서른둘이 아닌

스물다섯이었다.

잡혀가서 나는 모르는 남자들에게 매 맞고 욕먹고 벗겨져 물 먹고 기절했다가 깨어났다.

잡혀가서 주은후, 그의 이름을 가장 많이 들었다. 주은후가 있는 곳을 대. 대라. 주은후, 주은후. 어디 있느냐. 주. 주은후를 처음 어디서 만났느냐. 그다음은, 그다음은?

나는 아는 건 안다고 했고 모르는 건 모른다고 했다. 그럴 수밖에 없었다. 주은후 어딨어? 몰라요. 그랬더니 때리고 찌르고 욕하고 계속 물에 넣었다. 그래도 나는 계속 몰랐다.

맞고 욕먹고 그러는 것이 점점 지겨웠다. 주은후. 그의 이름 세 글자를, 건너뛰지도 줄이지도 않고 꼬박꼬박 주은후라고 계속 끝까지 주은후라고, 지치지도 않고 부르는 저들이 진저리가 났다.

주. 주은후가 아는 사람들의 이름을 여기 적어라. 적어. 이게 주은후가 만났던 사람들 전부냐. 나는 계속 그의 이름을 들었다. 주은후. 귀에 못이 박히게. 계속 듣고 또 듣자 그 주은후가 내가 아는 그 주은후일까 몽롱해졌다.

남자가 주주주, 거리면 토할 것 같았다. 악몽 속에서도 물속에서도 그의 이름을 들었다. 주은후.

남자가 의자를 주주주 끌고 와 앉아서 주먹으로 내 머리통을 퍽퍽 갈겼다. 세상이 흔들렸다. 주은후의 응? 어디가 그렇게 좋더냐. 주. 주은후가 어떻게 해줄 때가 응? 제일 좋더냐. 볼펜 끝으로 주주주 내 정수리를 찌르고, 말해 봐! 말해 봐! 주주주 가슴을 찌르며 남자는 픽픽 웃었다.

4월 10일 너와 함께 주은후를 만났었다고 응? 네 친구가 불었어. 네 친구 지금 옆방에 있걸랑. 네 친구는 주은후가 자기 애인이라던데 넌 여태 그것도 몰랐냐. 쯧쯧 몰랐니? 쪽팔리지 않냐? 넌 네 친구보다도 주은후를 좆도 모르더라. 주은후를. 주은후가. 주은후. 주. 주.

사람들에게서 들었던 대로 그곳의 남자는 묻고 때리고 웃고 으름장을 놓았다. 똑같이. 밖에서 여러 사람에게서 들었던 것과 하나도 다를 거 없이. 시시하게, 정말로 시시하게 똑같았다.

잠을 안 재우고 남자는 내 머리끄덩이를 잡고 흔들었다. 자술서를 쓰고 찢고 쓰고 찢게 했다. 아주 다 똑같았다. 그래서 이건 꿈이구나, 꿈이야, 듣던 얘기들이 뭉쳐져서 너절한 악몽이 된 거구나 생각했다. 그래서 아주 이게 이토록 진부하고 식상하고 지독하게 지겨울 수밖에 없는 거구나.

그러나 꿈은 깨지 않았다. 나는 더 많이 더 심하게 여기저기 아팠다. 꿈이 아니었다. 그런 게 꿈이 아니라니 놀라웠다.

◇

이로 씨는 한 장 한 장 빠르게 읽어나갔다. 이미 읽었던 내용이어서 읽는 속도가 빨랐다. 자신이 쓴 편지와 그녀의 원고를 적당분량씩 한 봉투에 넣어 영월 어딘가로 부치려는 거겠지. 요번에는얼마큼의 분량을 떼어 보내는 게 좋을까 가늠하는 거겠지.

한 손으로 원고를 들고 다른 한 손으로는 자신의 뾰족한 턱을살살 긁으며 이로 씨는 으음, 하고 신음 같은 탄성을 뱉었다.

요즘 이로 씨는 탄사를 배우는 중이었다. 감탄사라고 할 것까진 없어서 그냥 탄사라고 할 만한 것들. 음, 엇, 하, 호오, 어랏 같은 것들. 될 수 있는 한 많이 써먹으려고 했다.

말의 중간중간, 생각의 중간중간에 이런 탄사를 넣으면 말과생각이 바니시를 바른 것처럼 빛나고 분명해진다고 믿는 중이었다. 아무 생각 없이 그냥 탄사만 뱉어도 환상적인 상념이 반짝반짝 떠오른다고 믿는 이로 씌였으니까.

으음…….

그녀의 원고를 얼마큼씩의 분량으로 나누어 영월로 보내야 할지 맘을 정했다는 탄사였다. 내심 흡족한 결정을 했을 때 흘리는 탄사. 그럴 때 그는 왠지 엉큼하고 음흉한 표정을 함께 짓고 마는데, 슬쩍 한쪽 끝을 비틀어 올리는 입술은 자칫 야비해 보였다.

#2

남자 둘이 생겼다. 막 이렇게 말해도 되는 건가.

그때 그런 생각을 했다. 지금도 그런 생각을 한다.

잡혀온 사람들이 넘쳐나서 조사실이 꽉꽉 찼다. 조사받고 가설 컨테이너 유치장으로 내려가 대기했다. 그러다 또 불려가 주주 주 얻어맞고 욕을 먹으며 무언가를 하염없이 썼다.

조사실 건물 마당 끝. 그곳에 몸이 부딪히면 땅땅 소리가 나는 철제 가설 컨테이너 유치감이 있었다. 조사실 건물에서 컨테이너 까지는 열네 발짝. 날은 매일 뜨거웠다. 손이 묶인 채 뜨거운 마당을 오가며 조사를 받았다.

붙잡힐 때의 충격으로 나는 왼팔을 못 썼다. 저들은 아랑곳하지 않았다. 왼팔을 덜렁거리며 잡혀갔고 왼팔을 덜렁거리며 조사를 받고 물에 처박혔다.

왼팔을 덜렁거리며 욕을 먹었다. 나는 왼팔이 말을 듣지 않는다고 말하지 않았다. 몰라요, 라는 말 말고는 아무 말도 하지 않았다. 몰라요, 라는 말이 점점 장렬하다는 생각이 들어서 몰라요, 라고 자꾸 말하고 그때마다 얻어맞았다.

조사실 건물과 컨테이너를 오갈 때도 왼팔은 덜렁거렸다. 덜렁 덜렁.

그거 왜 그래요?

나를 컨테이너로 이동시키던 제복의 남자가 물었다. 나른하고 심심한 목소리였다.

여기 끌려올 때 뭔가 잘못됐나 봐요.

몰라요, 가 아닌 말을 처음으로 그에게 했다.

아아.

그는 고개를 끄덕이며 짧은소리를 냈다. 모르면서 아는 척하는 소리, 아아. 그리고 나를 한번 흘끗 봤던가. 흘끗.

그가 '다른 한 남자'였다. 나에게 두 남자는 그렇게 시작되었다.

그해 무더운 여름 복판에서 그는 땀도 흘리지 않고, 여전히 나른하고 심심하기만 한 말투로, 모처에 모인 기자들에게 말했다. 때리고 욕하고 윽박지른 사람인 듯 모든 걸 자세히 생생히 말했다. 맞고 욕먹고 고문당한 나보다 훨씬 소상한 사실들을 참 많이도 털어놓았다.

그는 그곳에 파견 근무하던 행정직 경찰 공무원, 김상헌이었다. 잡혀 들어온 사람들이 넘쳐나서 행정직마저 그들의 구금과 이동에 동원되었다. 그도 그래서 그랬다고 했다. 내 덜렁거리는 팔을 보기 전까지는 그 건물의 5층에서 무슨 일이 벌어지는지 그는 몰랐다. 조사실이라는 건 알았지만 실상은 몰랐다고. 나를 '흘낏' 본 뒤 작심하고 5층을 탐찰하기 시작했다고.

내 이 팔 때문에? 그래서 양심선언한 거예요?

나중에 내가 물었을 때 그가 대답했다.

희린 씨 때문이죠. 한눈에 완전 반해버렸으니까.

그때는 이미 그와 함께 살고 있었다. 그때도 내 왼팔은 좀 덜렁거렸다. 그의 폭로는 그해 여름을 발칵 뒤집으며 무더위를 몰아냈다. 나는 그 건물에서 놓여났고 그는 재판을 받은 뒤 파면되었다. 그는 빈털터리로 나에게 왔다.

선선히 그를 받아들인 건 아니었지만 갈 곳 없어진 그와 나는 세 번째 여름이 지난 뒤 함께 살 방을 구했다. 주은후의 변사 소식을 접한 지 두 해가 지나서였다.

그런데 어느 날, 주은후가 내 앞에 나타났다.

사라진 지 7년, 죽은 지 5년 만이었다.

나는 누구한테서도 예쁘다는 말을 들어본 적이 없었다. 그런데도 은후, 상헌, 두 남자에게서 토씨 하나 다르지 않은 고백을 들었다. 한눈에 반해버렸다는 유치한 고백. 그게 그토록 무시무시

한 말일 줄 몰랐다.

김상헌은 모든 걸 버리고 나에게 왔다. 주은후는 죽음마저 넘어 도피에 찌든 몸으로 내 앞에 나타났다. 이걸 두고 '나에게 남자가 둘이나 생겼어'라고 말해 버려도 되는 걸까. 그때 그런 생각을 했다. 지금도 그런 생각을 한다.

그러나, 이런저런 걸 다 뺄 수는 없겠지만 이런저런 걸 다 뺀다면 나와 그 두 사람 사이에는 여자와 남자라는 사실만 남았다. 마지막으로 남게 되는 게 그것이었다. 그렇지 않다면 한 남자와 3년을 함께 산 게, 그리고 한 남자가 7년 만에 돌아온 게 무슨 상관이겠는가. 서로 축복하고 맘껏 반가워하고 함께 눈물 흘리면 그만이었을 것을.

최종적인 것. 남녀. 그것이었다. 그리되고 나서야 알게 된 거지만 그랬다. 그로 인해 풀 수 없는 고민이 생겼다. 나의 결혼과 그의 생환을 축하해야 할 시점에서.

나의 서른둘은 그렇게 엉켰고 장렬했던 주은후의 과거사마저 회한에 떠밀리려 했다. 그러니 이런 생각이 들고 만 거겠지.

나에게 남자가 둘이나 생겼어. 뭐 이런 일이 있어, 나에게.

◇

　글 쓰는 일에서 얼마간 벗어나 있고 싶어서(지난 37년간 그는 쉬지 않고 글을 썼다. 서른여섯 권의 저서가 있다.) 이로 씨는 이곳저곳 한적한 도시와 시골을 하릴없이 돌아다녔다. 이 도시에 흘러든 것도 그런 연유에서였다.

　이곳에서 아이스크림 카페를 하는 여성을 알게 되었다. 소설인 듯 소설 아닌 그녀의 원고를 손에 넣게 되었다. 그것을 이로 씨는 영월에 있는 김재원이라는 사람에게 보내려는 것이다. 자신의 편지글과 함께.

　그녀의 원고를 어떻게 입수하게 되었는지, 어째서 자신의 편지글과 함께 그녀의 원고를 영월에 보내려는 것인지에 대해서는 이로 씨 스스로도 정리가 필요한 사안이었다. 다만 글에서 도망치

고 싶었는데 편지글일망정 글을 쓰지 않으면 안 되게 된 사정이
이로 씨에게 닥친 것만은 분명했다.

형에게

이건 편지니까, 하고 형에게 쓰는 거예요, 지금.

핑계가 있어야 하잖아요. 이건 글이 아니다, 글이라니, 그냥 설 렁설렁 쓰는 편지일 뿐이다, 그러니 좀 써도 되지 않을까. 알량한 핑계지만 이런 맘인 거죠.

에잇! 글 같은 거 당분간 쓰지 말아보자, 하고 떠나온 여행이잖 아요. 눈 질끈 감고 그렇게 떠나온 긴 여행이었으니 그동안 한 줄 도 안 썼죠.

그런데 형에게 기어코 편지를 쓰고 마네요.

몇 가지 우연한 일이 겹쳤기 때문이에요.

그것들을 형에게 얘기하려는 거고요.

형도 알다시피 나는 글 쓰고 글 읽고 먹고 자고가 끝이었잖아요. 그러다가 나이를 먹으면서부터는 슬슬 문학 강연 청탁에 응하기도 하고 이런저런 소설 심사도 보고 그랬죠.

그러다가 요즘엔 소설 청탁보다는 심사가 더 많아졌고요. 쓰는 게 갈수록 힘들긴 하지만 그래도 소설가는 써야 하는 건데 소설 청탁보다 심사라니. 이게 좀 공연히 화도 나고 싸하게 서글퍼지기도 하지만 어쩔 수 없죠. 선배 작가들도 이랬겠구나 싶으니 그들에게 무심했던 게 좀 미안해지기도 해요. 아, 뭐든 왜 꼭 이렇게 닥쳐서야 깨닫는 걸까요.

지난주에도 장편소설 신인상 심사를 봤어요. 늘 그렇지만 이번 심사도 긴장이 됐죠. 좋은 작품이 나왔으면 좋겠다. 그런데 안 나오면 어쩌나.

좋은 작품이 안 나오는 게 심사자 때문은 아니죠. 좋은 작품이 있으면 왜 안 뽑겠어요. 그런데 공교롭게도 좋은 작품이 없거나, 그래서 당선작을 못 내게 되면 왠지 모든 게 심사위원 탓인 것만 같아져요.

그래서 한 편 한 편 읽을 때마다 기도하는 맘이 돼요. 제발, 제발, 좋은 작품이 툭 튀어나오기를. 훌륭한 작품이 세상에 나오는 데 일조를 했다는 자부심이 무럭무럭 생기게 되기를.

그러다가 넉넉히 당선권에 들 만한 작품을 발견하게 되면 한시름 놓으며 여유로워지죠. 끝까지 아주 즐겁게 심사를 볼 수 있는 거예요.

이번에도 그런 경우였어요. 심사위원 모두가 한 개성 있는 신인 응모자의 손을 기꺼이 들어주었죠.

그게 바로 그녀의 작품이었다고 말하는 것처럼 들릴지 모르겠네요. 그건 아니었고요. 그녀의 작품은 내가 2분쯤 언급하다가 슬그머니 내려놓았어요. 다른 심사위원들의 눈빛을 보니까 왠지 그래야만 할 것 같아서였죠. 그리고 만 작품이에요.

그런데 심사가 끝나고도 그 작품이 내내 눈에 밟히는 거예요.

#3

은후. 상헌.

나는 두 남자 사이에 끼인 건가?

그런 생각은 안 들었다. 은후와 상헌은 나에게 압박감을 주지 않았다. 내가 그런 느낌 받을까 봐 두 사람은 오히려 조심했다.

그래서 내가 편했나.

한 사람은 자신의 운명을 걸었다. 강압 고문 수사를 만천하에 고발한 경찰 내부자였다. 대한민국과 민주주의의 미래를 위한 용단. 다들 그렇게 쓰고 말했다. 나는 상헌이 오직 나를 위해 그랬다고 믿었다.

다른 한 사람은 도피 생활 중 내가 잡혀 들어갔다는 소식을 듣고 가장 괴로워했던 사람이었다. 주은후. 뜻하지 않게 사망자로 처리돼 세상에 나설 수 없었다. 그런 사정이 있었던 것이다. 하지만 그가 좀더 일찍 내 앞에 나타날 수 없었던 이유. 그건 따로 있었다. 양심선언으로 이름이 파다해진 김상헌과 내가 함께 산다는 소식 때문이었다.

이건 엄중한 거지. 서른둘의 나는 생각했다. 불편하거나 곤란한 것이 아니다. 엄중한 사태에 처하고 만 거다. 두 사람 사이에 끼어 있는 모양새는 아니더라도 중대한 사태에 놓여 있는 것만은 분명했으니까.

두 사람은 내 양옆에 있었다. 7년이 지났어도 주은후는 나에 대해 간절하고 애틋했다. 더하면 더했지 조금도 덜하지 않았다. 상헌은 한결같이 나를 바라보았다. 그들한테서 내가 받았던 느낌은 압박감이 아니었다. 말없이 소리 없이 끌어당기는 인력이었다. 내 몸은 두 동강이 날 판이었다.

◇

이로 씨는 전화를 걸고 말았다. 원고 끝 장에 적힌 응모자의 전화번호를 눌렀다.

"이렇게 전화를 하는 건 좀처럼 없는 일입니다만……."

말하고 얼른 덧붙였다.

"당선되었다는 소식이 아니라서 정말로 유감입니다."

그리고 숨을 두 번 들이쉬고 두 번 내쉬었다.

"아……."

저쪽에서 첫 반응이 왔다. 짧은 탄성이었고, 느낌으로는 남자였다. 응모자가 여자일 거라고 생각했던 이로 씨는 잠깐 마음을 가다듬었다.

"하지만 저…… 제 느낌으로는 이 작품이 좋습니다."

이로 씨가 힘주어 말했고, 저쪽에서 다시

"아……."

하는 숨소리가 들렸다. 좋은 작품이지만 낙선되었다고 말하는 사람에게 무어라 응대할 수 있을까마는.

응모자의 전화번호에 눈길을 둔 채 이로 씨는 자신이 심사위원 중 한 사람이었다고 자백하듯 말했다.

원고가 끝난 자리에는 전화번호 열한 자리 말고는 아무것도 적혀 있지 않았다. 주소도 이름도 없었다. 공정한 심사를 위해 이름은 문학상 주최 측에서 지우는 게 관례였다. 하지만 주소까지 지우지는 않았다. 그러니까 주소는 처음부터 없었던 거였다.

이로 씨는 용건을 빠르게 말했다. 어쩐지 아깝다는 생각이 떠나질 않아서. 혹시 이 작품을 출간할 의향이 있으신지. 출간 비용 같은 것은 따로 필요 없고, 나름 괜찮다고 이름난 출판사와 연결해 드릴 용의도 있다. 인세는 정가의 10퍼센트 생각하면 될 것이다 등등.

빠르게 말해 버리지 않으면 내가 왜 이런 전화를 걸고 있는 것일까 각성될 것 같아서 이로 씨는 일부러 빠르게 말했던 것인데, 빠르게 말하다 보니 어느 순간 자신이 출판 브로커 같다는 생각이 들었다.

"전적으로 작품이 마음에 들어서입니다. 소개비나 사례비 같은 것은 1도 생각지 마십시오."

단호하게 말해 놓고 이로 씨는 더 멋쩍어졌다. 왜 전화를 해서 또박또박 하십시오체를 써가며 열심히 설명하고 단호해지기까지 하는 거지?

저쪽에서 별다른 응답이 없자 멋쩍은 게 오래갔다. 적당히 황송해하며 아, 그리하겠노라, 출판이라니 꿈만 같다, 어떻게 감사의 말씀을 드려야 할지, 따위의 반응을 기대했던 건 아니지만 묵묵부답은 뜻밖이었다.

그러게 왜 이런 전화를 하고 있는 거지? 마침내 피하고 싶었던 질문이 속에서 들끓었다. 주제넘었다, 죄송하다, 그럼 끊겠다고 말하려는데 저쪽 말소리가 흘러나왔다.

"그러니까…… 소설이라는 말씀이지요?"

이로 씨는 맥이 빠졌다. 일껏 소설 얘기를 했더니 소설이냐니. 남자의 목소리가 젊었다.

"그렇습니다. 소설. 은후와 상헌이라는 인물이 나오는 소설을 응모하셨죠?"

"어떤 인물이 등장하는지는 모르겠으나 응모했던 건 맞습니다."

이건 또 무슨 소릴까.

"어떤 인물이 등장하는지 모를 수가 있나요?"

"제가…… 쓴 게 아니니까요. 번거롭게 해드려 정말 죄송합니다."

남자의 목소리는 낮고 차분했다.

"그렇게 된 거군요. 아, 응모작 발송은 작가 본인이 아니어도 상관없지요. 네."

이로 씨는 전화기를 들지 않은 쪽 손을 오므려 자신의 머리통을 쥐어박았다. 대리 응모. 쉬운 답을 모르다니.

누군가를 대신해 응모를 했다고 해도 그렇지, 한 번쯤은 읽어봤어야 자연스러운 거 아닌가? 그러나 왜 안 읽어봤냐고 묻는 것도 자연스러운 일은 아니야.

"일부러 전화까지 주시고. 은혜를 입었습니다."

저쪽에서 깊이 머리 조아리는 모습이 보이는 듯했다. 남자가 말했다.

"오늘 들은 말씀 빠짐없이 글 쓴 분에게 전하겠습니다. 그분에게서 답을 듣는 대로 빠른 시일 안에 회신드리겠습니다. 정말로 감사합니다."

전화를 끊자 이로 씨는 견딜 수 없이 배가 고파져서 선착장으로 달려 나갔다.

한우양지전복물회를 배불리 먹고 세 번 트림을 했다.

형에게

그녀는 말이 별로 없는 사람 같았어요.

그녀의 카페 Tolo에 처음 갔을 때 어서 오라는 인사도 못 들었던 것 같아요. 그냥 바라봐요. 상대를.

어쩐지 빤히 바라보는 것 같아서 살짝 이상하다 싶었는데, 그냥 바라보는 것이지 빤히 바라보는 건 아니더라고요.

그런데 왜 빤히 바라보는 것처럼 느껴졌을까. 카페에 좀더 머물면서 알게 되었죠. 그녀는 사람을 바라볼 때 좀더 오래 바라봐요. 2초 정도 더랄까.

형은 사람이 사람을 바라보는 평균적 시간이라는 거, 그런 건 없다고 생각할지도 몰라요. 하지만 없지 않지 않을까요. 처음 보는 사람이냐 자주 보는 사람이냐, 친한 사람이냐 그렇지 않은 사람이냐에 따라 다르긴 하겠지만 그런 게 있지 않을까요.

정말 있지 않을까요. 카페 주인과 처음 온 손님 사이에 나눌 수 있는 목례의 시간 같은 것.

난 그런 게 있다고 생각했나 봐요. 그녀가 나를 바라보는 시간이 살짝 '길었다'고 느꼈으니까요. 아닌가. 그녀가 나를 바라보는 시간이 살짝 길다고 먼저 느꼈기 때문에 '카페 주인과 처음 온 손님 사이에 나눌 수 있는 목례의 시간이라는 게 있을 것이다'라고 나중에 생각한 건가. 그럴까요?

그나저나 2초 정도 더 바라보는 거라면 빤히 본다고도 할 수 있는 거 아닌가. 그런데 나는 왜 빤히 바라보는 게 아니었다고 말하는 걸까요. 어쨌든.

"휘핑크림 같은 거 그다지 넣지 않으니까요."

이 말이었던 것 같아요. 그녀에게서 처음 들었던 말이. 내가 말했거든요. 아이스크림이 끈적거리지 않고 참 좋네요, 라고. 특별한 비법이라도 있는 거냐고. 대답은 낮고 허스키했으나 서늘하진 않았어요. 오히려 어딘가 모르게 좀 부드러웠달까.

그날 나는 그녀의 아이스크림을 먹고 커피도 마시고 나중에는 라면까지 얻어먹었어요. 첫날이었는데 나는 그곳에서 좀 오래 머물렀거든요. 형도 알다시피 난 할 일이 없었으니까. 그리고 그곳 카페 분위기가 좋아서였고 내다보이는 바다 전망이 좋았기 때문이었어요.

무엇보다 아이스크림과 커피가 흡족했지요. 슬라이스 아몬드나 과일 한 조각을 얹은 단순한 셔벗 아이스크림, 그리고 무쇠 프라이팬 용기에 볶고 역시 무쇠 투구 뒤집어놓은 것 같은 절구에 빻은 커피. 하지만 내가 놀랐던 것은 라면이었어요. 공짜 라면.

"라면 어떠세요?"

비슷한 연배의 남자가 한낮에 아이스크림을 빨고 있는 게 측은했던지 내게 묻더군요.

"라면도 팝니까?"

마침 슬슬 배가 고프기도 했어요.

"파는 게 아니라 제 점심일 테지요. 혹, 점심 전이시라면 좀 드려도 될까요?"

"잘 먹겠습니다."

꾸벅 절을 하고 말았어요.

그래서, 바다가 내려다보이는 이 도시의 동쪽 언덕 아이스크림 (아무래도 셔벗이지만) 카페에서, 한낮에, 초로의 남녀가 손님과 주인으로 앉아 후후, 라면을 먹게 된 거예요.

마주 앉거나 나란히 앉았던 것은 아니었고요, 그녀는 주방에서 나는 홀에서 후루룩거렸죠. 후루룩후루룩. 그런데 이 라면이 말이죠, 내 인생 라면이 될 것 같아요.

물론 맛있었기 때문이죠.

이럴 수가! 정말 어처구니없군.

너무 맛있어서 혼자 속으로 중얼거렸어요.

"맛, 괜찮아요?"

그녀가 묻데요.

미칠 것 같아요, 라고 대답할 수 없어서

"에. 에에에."

라고 얼버무려버렸어요. 입 안 가득 라면이 있었으니까. 뜨겁기도 했고.

"내 라면이랄 수는 없을 테지요."

그녀가 말하더군요. 국물은 옆집에서 얻어온 거고, 자기가 한 일은 국물에 라면 사리를 넣어 다시 끓인 것뿐이라고.

"아, 이 파. 파도 제가 썰어 넣은 거네요."

그녀가 덧붙였어요.

"옆집은 뭐 하는 집입니까?"

내가 물었어요.

"삼계탕."

"그러니까 이게…… 삼계탕 국물인 거예요?"

"진해요. 우리나라에서 제일 잘하는 집일걸요."

"이게 이렇게 하니까 이렇게 맛있어지는구나."

"저는 매운 걸 잘 못 먹으니까요."

"저는 매운 것도 좋고 이런 것도 좋아요."

"더 드실 텐가요?"

"네. 염치 불고하고."

나는 홀딱 그 집에 빠졌어요. 맛에.

맛에만 빠졌게요. Tolo의 위치. 아담한 크기. 유리창. 나무 테이블과 의자들. 전망. 그리고 무엇보다 주인에게. 네, 주인에게요. 첫날부터. Tolo의 모든 게 결국은 주인이 어떤 사람인가를 말해 주는 걸 테니까요.

빤히 바라보는 것 같은 그녀의 눈길도 사람을 빠져들게 해요. 물론 그녀에게는 사람을 빤히 바라보겠다는 의지 따윈 없겠죠.

습관 같은 걸 거예요. 어떤 사람은 눈 한 번 깜빡하는 데 0.05초가 걸린다면 어떤 사람은 0.09초가 걸리겠죠. 그런 거겠죠 2초의 응시도. 그래서였을까요. 그녀의 약간 긴 목례를 대하고 '뭐지?' 하는 마음이 들었던 것도 0.0몇 초에 불과했으니까.

기분 나쁘지 않았고 금방 그러려니 하게 되었는데 두세 번 그녀의 느린 목례를 받다 보니 좀 빠져드는 것 같다는 느낌이 들더라고요.

2초라는 길이가 뭐랄까, 슬그머니 깊이로 변환된다고 해야 할까요. 2초에 해당하는 깊이가 얼마나 될까마는 나한테는 어쨌든 충분히 웅숭깊어 보였어요.

저 여인에게 빠져들었던 누군가가 있었다면 분명 저 눈길 때문이었을 테지. 그런 생각이 들더라고요. 2초라는 길이의 깊이에서 무언가가 발생하는 것 같았거든요. 그것이 그녀의 표정에 어룽졌고요. 자기장 같은 거랄까. 중력마저 간섭받는 어떤 작은 영역이 생기는 거예요. 그녀의 주변에. 누군가는 거기에 빠져들지 않을 수 없었겠구나 생각하게 되더라고요.

나만의 착각이었는지도 모르죠. 하여튼 나는 그랬어요. 첫날이었음에도 Tolo에 오래 머물렀던 이유였겠죠. 그녀에게 얼마간 매혹되었다는 것. 그래서 그랬나 봐요. 특별히 말이 적거나 그런 그녀가 아니었는데도 말 없는 사람으로 비쳤던 것도.

그녀에게는 어딘가 조금은 다르고 낯설고 어긋나는 게 또 있었어요. 그게 내 주의를 끌었고요. 내 눈에만 보였던 건 아니었을 테죠. 어딘가 부자연스러웠거든요. 아이스크림을 종이컵에 담거나 커피콩을 빻거나 할 때. 눈에 띌 정도는 아니었으나 그녀의 몸이 한쪽으로 기우는 듯했어요.

마침내 알게 되었죠. 그녀는 어딘가, 말하자면 신체의 일부분이랄지, 그런 데가 자유롭지 못했던 거예요. 주의 깊게 보지 않으면 모를 만큼이긴 했지만, 분명 느껴졌어요. 왼손이었던가 왼팔 어디쯤. 다른 쪽에 비해 기능이 20퍼센트쯤 덜해 보였어요.

그런데 신기한 것은요, 그녀의 그런 불균형이 묘한 자장을 형성하며 주의를 끌더라는 거예요. 감추어져 있지만 끝내는 드러나고, 드러나고 있지만 전부는 노출되지 않는 묘한 균형감 말이에요. 불균형인가? 이렇게만 말해도 형이 이해할 거라 믿을래요. 하여튼 나는 한동안 Tolo에 갇혀 있었어요. 그녀의 자기장 안에.

같은 도시에 머무는

우연

#4

"팔은 왜 그래?"

사라진 지 7년, 죽은 지 5년 만에 나타난 그가 처음 한 말이었
다. 주은후.

"그렇게 됐어."

내가 말했다.

"그렇게 됐다니?"

그가 다시 물었다.

"그렇게 됐으니까."

내가 다시 대답했다. 그리고 한동안 서로 말이 없었다.

그 가을 나는 학교 가는 길에 늘 패스트푸드점에 들렀다. 2학기
부터 내 수업 시간은 오후였다. 정규 교사로 임용되기 전이었다.

집과 학교 중간에 맥도날드가 있었고, 나는 학교로 가는 중이었고, 햄버거는 매일 먹어도 질리지 않았다. 마침 점심시간이 막 지난 시각이었다. 나는 언제나 그 시각까지 아무것도 먹지 않은 상태였으므로 잠깐 맥도날드 창가에 앉아 햄버거를 먹는 것은 가을이 되니 낙엽이 지는 일만큼이나 자연스러웠다. 정말로 그날 창밖에는 낙엽이 굴렀다.

햄버거를 먹었다. 이런저런 접두사 없는 그냥 햄버거. 값도 쌌고 입을 크게 벌리지 않아도 먹을 수 있는 거니까.

먹고 있는데 그가 나타났다. 그였다. 주은후.

'이래도 되는 건가?'

반갑거나 궁금하기 전에 걱정부터 들었다.

'이래도?'

그는 여전히 수배 중이었다. 그는 내 앞에 스윽 앉았다. 수척하고 눈이라도 퀭할 줄 알았는데 그러지 않았다. 긴 머리카락이 좀 흩어져 있었으나 여전히 멋있어 보였다.

사람들의 눈을 피하려고 습관처럼 등을 굽히고 목을 조아렸는데도 조금도 누추해 보이지 않았다. 당장 그가 또 어디론가 도망쳐버린대도 이해할 수 있어야 한다고 나는 생각했다.

나는 그를 많이 좋아했다. 그쪽 조직에서 그는 요인이랬던가. 내가 할 수 없는 일을 그가 하고 있다고 생각했다.

그는 나와 햄버거를 번갈아 바라보았다.

'여기서 이러고 있어도 되는 사람인가?'

그의 앞인데, 햄버거라서 다행이었다. 그런 생각이 들었다. 접두사 없는 그냥 햄버거라서. 번 속의 내용물도 별로 없는 햄버거라서. 입을 크게 벌리지 않아도 되고 입술에 소스 따위 묻히지 않아도 되는 햄버거라서.

할 말을 찾기보다 나는 먼저 태연한 척하려고 애썼다. 그에게가 아니라 맥도날드 매장 안에 있는 사람들한테. 주요 지명 수배자며 7년 만에 나타난 사람을 주요 지명 수배자며 7년 만에 나타난 사람 대하듯 하면 안 되는 거라고 힘껏 생각했다. 온 힘을 다해. 그도 그러는 것 같았다. 태연한 척.

말 없는 시간이 흘렀다. 숨 막혀 죽을 것 같았다. 그는 한 입 먹다 만 햄버거와 나를 번갈아 보았고 나도 먹다 만 햄버거와 그를 번갈아 보았다. 7년이 흘러서, 이제야 오다니. 그것도 이렇게, 이런 곳에. 도둑처럼. 또다시 도망쳐야 하는 사람으로.

입을 딱 벌려 먹지 않아서 좋은 햄버거였는데 먹다 만 햄버거라는 건 좀 그랬다. 채소라도 신선했다면 어땠을까. 토마토 슬라이스라도 있었다면. 물어뜯어놓은, 접두사 없는 햄버거의 내장이 너무 초라했다. 그 초라한 걸 언제까지고 내려다보고 있는데,

"팔은 왜 그래?"

그가 입을 열었다.

◇

"죄송합니다."

전화기 저쪽이 말했다.

이로 씨는 그 사람 앞인 양 손사래 쳤다.

"아니, 아닙니다. 저야말로 공연히 번거롭게 해드렸습니다."

"좀처럼 없는 일이라고 하셨지요?"

"예?"

"낙선한 작품이 아까워서 전화하셨다는 것 말입니다."

"아, 예. 그렇습니다. 처음이었습니다, 저로선."

"그 점에 대해 감사의 뜻을 전해달라고 어머니가 말씀하셨습니다."

"어머님이셨군요."

"네."

"그 글을 쓰신 분이."

"그렇습니다."

"출간해도 좋을 소설이라고만 생각해서 제가 그만."

"충분히 이해하고 감사드립니다. 그토록 마음 써주신 데 대해 어머니도 선생님께 고마워하십니다."

"그런데 왜……."

"예?"

"아닙니다. 또 공연히 주제넘었습니다."

"아닙니다. 출간해도 좋을 소설을 어째서 안 하는지 궁금하실 테고, 저로서는 응당 그에 대한 답변을 드려야 한다고 생각합니다."

"아."

"이유는 어머니가 말씀해 주셨습니다."

"네."

"소설이 아니기 때문이랍니다."

"그렇습니까?"

"그렇습니다."

"아드님께선 모르셨군요."

"몰랐습니다."

"음."

"어머니는 언제나 글을 쓰고 계셨습니다. 편지도 많이 쓰시지요.

이번에는 아주 긴 글이라서 당연히 소설이라고 생각했습니다."

"그럴 수 있지요."

"소설을 쓰고도 선뜻 응모하지 못하는 사람들이 많다고 들었습니다."

"각자의 이유 때문에 그러기도 하지요."

"그래서 제가 몰래 응모를 했습니다."

"충분히 이해합니다."

"읽어보았느냐고 어머니가 저한테 물으시더군요."

"안 읽었다고 대답했겠군요."

"그렇습니다. 안 읽었으니까요. 그랬더니 어머니가 껄껄 웃으시더군요. 어머니는 가끔 남자처럼 웃거든요. 껄껄. 그러더니 뭐라셨는 줄 아십니까?"

"뭐라셨는데요?"

"아, 그 얘기는 나와 그 작가 선생님 둘만 아는 얘기가 되어버렸구나, 하시더라구요."

"사실의…… 기록이군요."

"사실의 정리라고 하셨어요, 어머니는. 정리해 두고 싶었던 것을 정리해 보고 싶었다고 하셨어요."

"정리하는 것으로 의미를 둘 뿐, 그것을 누구에게 읽히거나 책으로 출간할 필요까지는 없다는 뜻이시겠죠."

"어머니도 똑같이 말씀하셨습니다. 선생님께서 제 어머니의 맘을 정확히 알아주신 것 같아 감사하고 다행스럽습니다."

"그렇다면 저도 다행입니다."

"그리고 저어……."

"말씀하세요."

"언제든 한번 만나 뵐 수 있다면 좋겠습니다만."

"어머님의 원고 내용이 궁금하십니까?"

이로 씨가 작은 소리로 웃었다.

"궁금하긴 하지만 선생님을 귀찮게 하거나 곤란하게 해드리진
않겠습니다."

저쪽도 작은 소리로 웃었다.

"그럼 연락을 주세요. 벚꽃이 피고 질 때까지는 이곳에 있을 겁
니다."

"어디신지요, 계시는 곳이?"

"통영이에요, 지금."

"엇!"

"왜요? 먼가요?"

"아……닙니다. 저는 부산……인걸요."

"멀지 않군요."

"그렇죠. 가깝습니다."

"아, 그리고 사실은요."

"네, 선생님."

"어머님의 얘기를 알고 있는 사람은 어머님과 저 둘 말고도 넷이 더 있습니다. 심사위원들이요."

"그렇겠군요."

"하지만 그들은 소설이라고만 알아요."

"그건 또 그렇겠네요."

"소설이 아니라는 건 이제 아드님도 알았지만 역시 내용은 어머님과 저만 아는 거네요."

"네, 선생님."

#5

할머니가 집에 없는 날이었다. 마당에 빨래를 널고 방으로 돌아와 컴퓨터를 켜려던 참이었다. 철대문 두드리는 소리가 들렸다. 툭, 툭. 창밖으로 고개를 내밀어 대문 쪽을 바라보았다. 눈부셨다. 한여름 오후였다. 무언가 어른거렸지만 문짝에 가려 잘 보이지 않았다.

박희린 씨 계십니까?

남자 목소리였다. 차분하면서도 당당한 소리로 그가 부른 것은 내 이름.

거기서부터 시작이었다. 그들에게 이름이 불린 뒤부터. 이름이 뭐기에. 나는 무언가에 사로잡혔다. 이렇게밖에 말할 수 없다. 무언가에 이름이 붙들렸다. 의지와 상관없이 나는 움직여졌다.

남자는 둘이었다. 철대문의 작은 보조문 걸쇠를 풀자 그들이 문안으로 들어섰다. 집에 들어오는 모든 사람이 그러듯 그들도 고개를 숙이고 문턱을 넘은 뒤 고개를 들었다.

열어젖혔다거나 밀고 들어왔다거나 하는 느낌은 전혀 없었다. 하지만 제지할 수 있는 대상이 아니라는 느낌은 분명했다.

좀 함께 가주셔야겠는데요.

한 남자가 여전히 차분하면서도 당당하게 말했다.

어쩐 일인지 나는 그 말의 뜻을 너무 정확히 이해했다.

이대로요? 지금요?

라고 물었던가. 나는 헬로키티가 커다랗게 그려진 흰색 반팔 면티 차림이었다. 아래는 빨래를 하거나 책상에서 순위고사 문제집을 풀 때 입는 하늘색 쇼트팬츠. 그런 걸 입고 나는 엉거주춤했다.

그럴 리가요.

다른 남자가 말했다.

천천히 갈아입으세요. 며칠 걸릴지도 모르니까 다른 짐도 좀 싸고요.

잡아가려면 뭐라도 제시해야 하는 것 아닌가요? 영장 같은 거요. 속으로만 생각했을 뿐 나는 배낭에다 2박 3일쯤 여행에 필요한 짐을 말없이 제대로 싸고 있었다.

할머니는 어디 가신 걸까. 어쩌면 저들은 할머니가 집에 없는 틈을 노린 건지도 몰라. 버틸까. 변호사는 언제 부를 수 있는 거지? 책상다리나 문고리를 죽어라 붙들고 고래고래 소리 지를까. 이웃이 다 듣게. 살려주세요. 이건 불법이에요.

그러나 나는 순순히 그들의 말에 따랐다.

준비 다 됐어요?

거의요.

많이 챙길 것 없어요. 필요한 게 있으면 사드리기도 하니까.

내가 짐을 싸는 동안 그들은 공연히 하늘을 올려다보고 입맛 다시듯 침을 삼키고 담장의 담쟁이 잎을 만지작거렸다. 천천히 마당을 오가며 그랬다.

나는 무력하고 비겁한 것 같아서, 진짜 무력하고 비겁해서, 어떻게든 부딪치거나 버티거나 도망쳐보고 싶었다. 그러나 기회는 생기지 않았고 어떤 게 기회인지도 몰랐다. 나한테 미칠 듯 화가 났을 뿐. 무턱대고 고분고분한 나에게.

그들과 함께 작은 마당을 가로질렀고 보조문을 나섰다. 역시 그들이나 나나 고개를 살짝 숙이고 문을 통과한 뒤 고개를 들었다. 늘 가로지르고 나섰던 마당과 문이었는데 낯설었다.

땡볕에 번쩍이는 은색 차량에 태워졌다. 내 발로 내가 탔다. 이제 다시는 이곳에 돌아오지 못할지도 모른다는 생각이 스쳤다.

대문 틈으로 내가 널어놓은 빨래들이 보였다. 할머니가 적삼이라고 말하는 것들, 타월과 베갯잇, 나의 이너 웨어, 할머니 양말, 행주.

바람이 없어 펄럭이지도 않고 죽은 듯 말라가는 빨래를 바라보았다. 할머니. 속으로 할머니를 불렀다.

할머니가 없었던 게 다행이었을까. 아니, 아니. 나는 어느 순간 마지막 온 힘을 다해 차 밖으로 튕겨 나가 마구 도망치기 시작했다. 지구 밖까지.

그러나 몸은 뒷좌석 두 남자 사이에 빡빡하면서도 얌전하게 끼어 있었다. 견딜 수 없어 와락 몸에 힘을 주었다.

바위에 끼인 듯 몸은 꼼짝도 하지 않았다. 그 순간 무언가는 끊어지고 무너졌다. 왼쪽 어깨 어디. 아니면 팔꿈치거나 옆구리. 아니면 정신줄이거나. 몸이든 어디든 나를 지탱하던 버팀줄이 작동을 멈추었다.

임상적으로 아무 이상 없음.

보안분실에서 풀려나기 직전, 경찰에 파견된 어느 대학병원 의사가 내게 말했다. 꾀병이라는 거였다. 밖에 나온 뒤 나 혼자 여섯 차례 병원을 찾았으나 역시 이상 없음. 겨우 심인성.

좀처럼 낫지 않았다. 몇 년이 지나도 회복되지 않았다.

주은후가 내 왼팔을 쓰다듬으며 물었다.

"여기?"

나는 고개를 끄덕였다.

"실은 전부터 널 보고 있었어. 맥도날드 밖에서."

그가 말했다.

"네가 햄버거 먹는 모습. 그러다 가곤 했지. 아직은 네 앞에 나타날 때가 아니라고 생각했어. 네가 이해할까 모르겠지만, 모두를 위해 지금껏 그래야만 했어. 그래도 네가 보고 싶어서 왔었고, 멀리서 밖에서 보고만 갔어."

"난 이해하지 못해."

내가 말했다.

"오빠를 믿었고 믿을 뿐. 옳고 장렬하고 훌륭하다고 믿을 뿐. 정말 그런지는 모르지만 정말 그렇다고 믿을 뿐. 오빠가 하는 일을 이해해서가 아니라, 좋았으니까. 오빠가. 이유가 있다면 그것뿐이었어."

나는 말했다.

"모두를 위한 것이라는데 나는 그 모두가 누구인지도 몰라. 비난하려는 게 아니야. 나는 희린이면 되고, 오빠에게 나는 희린이면 됐던 거지. 그랬다는 거야. 미안해. 그 이외엔 아무것도 없어. 아무것도 없어서 아무 원망도 후회도 없이 이 팔을 견디는 거야."

"나도 어쩌면 그래서 여기에 뛰어 들어온 거겠지."

그가 말했다. 주은후.

"네 몸 어딘가 불편하다는 걸 오늘 겨우 발견했어. 그냥 돌아갈 수 없었어. 그 순간 나도 그 모두가 누구인지를 잊었어. 너만 보였으니까. 모두에게 위험한 일인 줄 알면서도 너를 보러 지금 이렇게 이곳에 뛰어 들어왔으니까."

"어서 가. 위험하잖아."

"직선제 약속 나오면서 압박이 조금 느슨해지긴 했어. 널 보다 갈 거야. 조금만 더."

주은후는 내 왼팔에서 손을 떼지 않고 말했다.

가을에, 쫓기는 그의 손이 따뜻했다.

형에게

앗!

형한테 이 얘길 할게요. 앗! 얘기요.

요즘 나는 시도 때도 없이 탄사를 질러요. 대개는 아주 작게 혼자 지르는 것들이에요. 그러니 지른다고도 뱉는다고도 할 수 없을 것 같네요. 그냥 소심하게 흘리는 정도?

호오, 음, 저런, 맙소사, 어어어, 그만, 이거야 원, 저저저, 어랏, 으응, 오호라. 이런 것들이죠.

가끔은 헥, 윽, 아얏, 하고 비명 비슷한 탄사도 써요. 재밌다고 해야 하나. 왜 그래야 하느냐고 물으면 뭐라 대답할 수 없을 것 같아요. 딱히 재밌어서 그러는 것 같지만은 않으니까.

지금 나는 여기서 혼자 지내면서, 하는 일이라고는 빌빌거리는 게 전부잖아요. 빌빌. 그런데 이 빌빌거리는 것이 중요하니까, 나한 테는 필요한 거라고 생각하니까 일삼아서 빌빌거리는 거잖아요.

그런데 가끔씩 탄사를 흘려주면 그 빌빌거리는 게 좀더 그럴 듯해져요. 여기 중앙시장에서 누군가 가시 돋친 거대한 킹크랩을 수족관에서 들어 올려요. 그걸 보면서 소심하게나마 오오오, 어 어어, 하고 탄성을 흘려보는 거지요.

그러면 시장통을 어슬렁거리는 나의 현재가 이유 없이 그럴싸 해져요. 오오오, 저저저! 하는 순간 빌빌거리고 어슬렁거리는 데에 도 약간의 텐션이 생기죠. 느낌이나 감정의 근육 같은 거랄까요.

뭔가 근본적으로 달라지는 건 아니에요. 활기발랄해지는 것도 물론 아니고요, 그러길 바라는 것도 아니에요. 빌빌이나 어슬렁 그 자체에 살짝 때깔이 도는 정도? 살짝. 그 정도 맛만 느끼는 거죠.

거짓말이 아니라 진짜 만화방에도 갔었어요. 내가 빌빌거리기로 작정하지 않고서야 이 나이에 만화방 같은 델 가겠어요? 난 이런 게 좋은 거예요, 여기서. 아주 좋아요. 만화방에 가자. 이렇게 생각 하고 곧장 만화방에 가는 거. 이런 게 좋아요. 이럴 수 있는 게.

만화방에 탄사를 찾아보러 간 거죠. 만화책에는 그런 게 많잖 아요. 의성어 의태어 같은 것. 사뿐, 조용, 고요, 괴괴, 불쑥, 훌쩍, 위이잉, 철썩, 쨍강, 이런 말들이요. 분위기나 소리를 글자로 나타 내야 하는 게 만화니까.

그래서 만화책에는 탄사도 많겠다 싶었던 거죠. 내가 모르거나 알더라도 잘 생각나지 않는 탄사들을 휴대전화에 메모할 생각이었죠. 탄사를 많이 쓰면 빌빌이나 어슬렁에 끼치는 효과도 참 다양하겠다 싶으니까 당장 만화방에 안 가고는 못 견디겠더라고요. 그래서 오늘 만화방에 갔었던 거예요.

탄사의 효과 중에는 이런 것도 있는 것 같아요. 내가 일부러 빌빌거리는 건 빌빌거릴 수 있기 때문인데, 빌빌거릴 수 있는 이유 중 분명한 하나는 나이, 그러니까 늙음이라는 거죠. 나이 들어 늙으니까 가능해진 여유. 그 여유를 여유로 즐기려면 여유를 긍정적으로 자각할 필요가 있는데 오호라, 저런저런, 쯧쯧, 이런 탄사가 여유를 좋은 쪽으로 자각하게 한다는 거예요.

외로움이나 서글픔 같은 감정들이 솔솔 끼어들려고 하면 탄사로 후우 불어 물리칠 수 있고요, 아니면 오히려 탄사로 그것들을 불러와 함께 깊이 품어버리는 거죠.

적절히 활용하면 나이듦과 늙음을 조금은 더 넉넉하게 누릴 수 있겠다는 게 내가 말하는 탄사의 효과라는 건데…… 아아, 나만의 생각인지도 모르죠. 음, 그럴지도 몰라요. 하지만 나는 톡톡히 그 효과를 보는 것 같으니까 형도 한번 해봐요. 형도 혼자잖아. 나보다 나이도 한 살 많고. 마음이 싸해질 때마다 오호, 아하, 해봐요.

무슨 얘기를 하려던 거였죠? 아, 앗! 얘기.

맞아요. 오늘 만화방에서 나와 거리를 걷다가 나도 모르게 그만 앗! 하고 크게 소리를 질러버린 거예요. 좀 컸죠. 나도 놀랐어요. 만화방에서 나와 얼마 걷지 않았을 때 그랬던 거예요.

만화방에서는 그다지 오래 앉아 있질 못했죠. 손님이라고는 다들 어린 친구들뿐이었고, 그래서 그런지 그곳에서 일하는 아르바이트생이 자꾸 날 바라보았어요. 오오오, 저 친구 너무 자주 날 바라보는 거 아닌가? 속으로 중얼거리며 그 친구의 시선을 외면했죠.

그러다가 끝내는 몇 권 들춰보지 못하고 나왔어요. 물론 만화니까 의태어, 의성어, 탄사투성이었지만 내가 알고 있거나 써먹는 탄사 말고 특별히 더 눈에 띄는 게 없더라고요. 그래서 생각하게 되었어요. 탄사라는 것에 족보가 있는 것도 아니니 그때그때 입에서 튀어나오는 대로 뱉으면 그게 모두 탄사다!

하지만 아르바이트생의 시선도 무시 못 할 거였어요. 호오, 눈치를 주는 눈빛이 저토록 생생하다니! 너무 신선하지 않은가! 장사에 지장이 있으니 빨리 꺼지라는 건가? 으음, 그냥 내가 신기해선가? 속으로 중얼거리면서 나는 10여 년 전의 기억 하나를 떠올렸죠.

종종 시립 도서관에 가서 소설을 쓰곤 하던 때였어요. 옆 사람 자리에 엄청난 펜이 있었죠. 필기도구요. 아마 50개도 넘었을 거예요.

지퍼형 섬유 제품 필통에도 색색 가지 펜으로 가득했는데, 세

워놓은 두 개의 원통 형태의 필통에도 형광펜을 비롯한 각양각색의 펜들이 빼곡히 꽂혀 있었죠. 그런 정도의 필기구를 간수하거나 옮기는 데에는 적어도 배낭의 절반쯤은 언제나 필요할 것 같더라고요.

옆자리의 펼쳐 있는 노트를 보니 과연 울긋불긋 알록달록하게 정리되어 있었어요. 휘황찬란하게. 아주 잘. 깨알 같은 글씨로.

그런데 잠시 비어 있던 그 자리에 마침내 주인이 와서 앉았죠. 놀라워서 나는 자꾸 그를 바라보았어요. 머리 희끗희끗한, 돋보기안경 쓴 육십 대 중반의 남자였거든요. 어떻게, 어떻게 저토록 깨알 같은 글씨를 오색찬란하게 쓸 수 있을까. 돋보기를 쓰고. 저토록 많은 펜으로.

그를 자꾸 바라보았던 기억이 떠오르는 거예요. 만화방에서. 아르바이트생의 눈총을 받으면서.

이래저래 만화방에서 나올 수밖에 없었는데 내 입에서 어느 순간 앗! 하는 탄성이 터진 거예요. 만화책에 가장 많이 등장하는 탄사가요. 백주대로에서.

한동안 길 위에 멍하니 서 있었죠.

그리고 전화를 걸었어요.

"부탁이 있어서요."

내 말을 듣고 저쪽이 반응했어요.

"네, 선생님."

"혹시 어머님께 내가 이 도시에 머문다고 얘기했나요?"

"안 했습니다만……. 말씀드릴 걸 그랬나요?"

"아뇨, 아뇨."

"아, 예."

"미안하지만요, 이유는 나중에 물어주시고."

"예, 선생님."

"내가 이 도시에 있다는 말을 당분간 하지 말아주었으면 해서요, 어머니께요."

"예? 예, 아, 예, 그러겠습니다."

"당분간입니다."

"예."

"그리고 성함을 못 물었네요."

"어머니 말씀이십니까?"

"아뇨, 아드님."

"아, 예, 저, 박솔입니다."

"박솔."

"예, 선생님."

"알았어요. 고마워요. 박솔 씨."

전화를 끊고 나는 한숨을 쉬었어요.

내가 왜 길 위에서 갑자기 앗! 하고 탄성을 질렀는지 이제 형한테 말해야 하는 거죠?

지난번 통화에서 그녀의 아들인 박솔이란 사람이, 내가 이 도시에 머물고 있다는 말을 하니까 엇! 하고 놀랐었거든요. 나는 그가 왜 엇! 했는지를 몰랐는데 만화방에 들렀다 나오는 길에 번쩍 알아버렸던 거예요. 뒤늦게. 나는 내 둔감을 탓하면서 앗! 하고 비명을 지른 거고요.

아들한테서 소설이 아니라고 전해 들었는데도 나는 여전히 그녀의 글을 소설로 생각하고 있었나 봐요. 그러니 소설 속의 그녀와 현실의 그녀를 얼른 연관 짓지 못했던 거겠죠.

나는 이미 그녀의 글을 다 읽은 뒤였잖아요. 길게는 못 했어도 소설 본심에서 그녀의 글을 놓고 토론도 좀 했고요. 그랬으면서도 글쓴이가, 글의 화자가 Tolo의 그녀라는 걸 까맣게 몰랐던 거예요.

아이스크림을 만들고 커피를 볶는 그녀의 몸 어딘가가 좀 불편해 보인다고 형한테 보내는 편지에도 썼잖아요. 왼손인가 왼팔이 다른 쪽에 비해 기능이 덜해 보인다고요. 그랬으면서도 처음엔 눈치채지 못했던 거죠.

원고 속의 그녀가 내 산책 코스의 그녀일 거라고 상상할 수 없었던 거겠죠? 그런 우연은 상상하기가 쉽지 않은 거니까요.

그래요. 우연. 당분간은 글 안 쓰고 펑펑 놀겠다고 다짐까지 하고서 이렇게 형에게 편지를 쓰게 된 까닭이 몇 가지 우연 때문이라고 말했었지요.

그 첫 우연이 '앗!'인 셈이었죠.

원고 속의 희린이 이 도시 동쪽 언덕의 Tolo 주인이었던 거예요. 그녀와 내가 같은 도시에 머무는 우연을 그녀의 아들 박솔이 알고 엇! 놀랐던 거고요. 나는 그가 왜 엇! 했는 줄 모르다가 만화방에 갔던 날 번쩍 알아버리고 앗! 소리를 지른 거죠.

하지만 박솔은 그녀와 내가 같은 도시에 있다는 우연만 알았을 뿐 그녀와 내가 이미 구면이라는 사실은 모르고 있는 거죠. 뭐 곧 알게 될 테지만요.

직업병인지는 몰라도 하여튼 이런 일을 글로 쓰지 않고는 힘들 것 같지 않아요? 그래서 형에게 편지 형식으로나마 설렁설렁 쓰고 있는 건데, 실은, 이건 내 추측이지만, 더 큰 우연이 생길지도 몰라요.

#6

"그 사람 이름이?"

주은후가 물었다.

"상헌."

대답하고 나는 우물거리던 햄버거를 꿀꺽 삼켰다. 이걸 이렇게 끝까지 다 먹어야 하나 싶었지만 주은후 앞에서 끝까지 먹어버리는 모습을 보여주고 말았다.

"김상헌. 세상이 다 아는 이름을 내가 모를 리 없지."

"맞아. 김상헌."

"널 구해준 사람이나 다름없는데. 너만 아니라 그때 많은 동지들이 풀려났지. 그 사람 덕분에."

"그런데 왜 물을까?"

"네가 어떻게 대답하는지 보려고. 얼마나 빨리 대답하는지."

"무슨 말이래?"

"그러게. 나도 모르겠다. 하여튼 그에겐 말하지 마."

"오빠 봤다는 거?"

그가 고개를 끄덕이고 주위를 살폈다.

"물론 말 안 하겠지만."

"걱정할 필요 없어, 오빠."

"말 안 하는 게 좋아."

"경찰에서 쫓겨난 사람이야. 그 사람. 경찰의 적."

"말하려고?"

"먼저 말하진 않아."

"물으면?"

"거짓말 같은 건 할 수 없어. 그 사람을 믿어. 나나 오빠에게 해를 끼칠 사람은 아니야. 내가 믿는다는 건 그거야."

"내가 누구인지 그 사람이 알고 있잖니."

"물론."

"지명 수배자 주은후 말고, 박희린의 남자 주은후."

나는 그를 한참 바라보았다. 주은후. 그도 나를 빤히 바라보았다.

"알아."

내가 말했다.

"그런데도 말하겠다고?"

"도우면 도왔지 해를 끼칠 사람이 아니야."

"관계에 따라 달라지는 게 사람의 본성이라는 걸 너도 알잖아?"

그런가? 나는 대답하지 못했다.

얼마간 침묵이 흘렀다. 이럴 때 햄버거를 입 안에 욱여넣어야 하는 건데 햄버거가 더는 남아 있지 않았다. 그가 말했다.

"김상헌 박희린 주은후 세 사람 관계에서의 김상헌은, 김상헌 박희린 두 사람 관계에서의 김상헌과는 다른 김상헌이라고."

"그 사람 믿을 수 없다고?"

내가 물었다.

"지금 나를 봐. 모두를 위해서는 이러면 안 되는데 나는 지금 네 앞에 있잖니. 너밖에 모르는 주은후가 되어 있잖니. 위험하지만 지금 그러고 있잖니."

"그 사람도 위험하다고?"

"그럴 수 있잖아."

"그런가?"

"그렇다니까."

나는 생각했다. 김상헌. 경찰청 보안수사대가 설치한 보안분실의 파견직 행정 경찰관. 나를 흘끗 보고 돌연 고문 강압 수사 실태를 만천하에 폭로하여 파면된 전직 경찰. 오랜 기다림 끝에 지금은 나와 한방에서 자고 먹는 사실혼 관계의 동거인.

달리 말하면 내가 전부인 그. 나를 빼앗길 위기에 처하면 한없이 사나워질지도 모르는 그.

내 생각이 아니었다. 주은후의 생각을 내가 짐작해 본 것일 뿐.

경우에 따라서 나는 위험한 김상헌과 위험한 주은후 사이에 놓이게 되는 거였다. 그것이 얼마나 위험할지는 그들 사이의 내가 어떻게 처신하는가에 달려 있었다.

번쩍 정신이 들었다. 당장 내 앞의 주은후는 요인도 뭣도 아니었다. 7년 만에 만났으나 이미 다른 남자의 여자가 되어 있는 첫사랑에게 불안한 눈빛을 숨기지 못하는 서른네 살의 사내였다.

"말 안 할게."

내가 말했다.

"물어도?"

"응."

"맘이 바뀌었어?"

"오빠 말이 맞는 것 같아서."

"말하지 마."

"안 할게."

주은후가 슬슬 자리에서 일어섰다. 그리고 갑자기 물었다. 그의 눈이 충혈돼 있었다.

"그 사람을 뭐라고 불러?"

"그 사람?"

"응."

"상헌 씨."

"상헌 씨라고 불러?"

"응."

"그 사람은? 그 사람은 너를 뭐라고 불러?"

"희린 씨."

"희린 씨라고 불러?"

"응. 그럼 뭐라고 불러?"

"아니."

"그게 궁금해?"

"응. 뭐."

"왜?"

"아니, 그냥."

주은후는 보충역 복학생으로 나보다 두 살 많았다. 예비역이면 현역이나 보충역이나 상관없이 형이라고 불렸다. 남학생도 여학생도 예비역 복학생을 형이라고 불렀다.

나는 그를 처음부터 오빠라고 불러서 주위의 야유를 받았다. 박희린은 그런 식으로 마음에 드는 남자를 찍는다더라. 오빠라고 불러버린대. 박희린 쟤는 잘생긴 남자들만 좋아해.

틀린 말은 아니었다. 주은후는 잘생겼고 나는 그를 오빠라고 불렀으니까. 상습적으로 오빠라고 부르거나 상습적으로 잘생긴 남자를 좋아해본 적은 없었다. 어떤 남자를 오빠라고 부른 것은 그가 처음이었고 남자를 좋아한 것도 그가 처음이었다.

그런 그가 나에게 좋아한다고 고백해 왔다. 나로서는 무엇도 망설일 필요가 없었다. 나의 연애는 운이 좋은 편이었다. 그가 학생 운동 조직의 정예라는 걸 나중에 알았지만 아무려나 상관없었다.

나는 스물두 살에 그에게 이미 머리끝까지 빠져 있었고 그가 비적의 두목이래도 어쩔 수 없다고 생각했다. 이런 태도를 갖는 것이 진정한 연애지! 나는 내 무릎을 공연히 탕탕 치고 의기양양해했다.

스스로 벌어 학교에 다녀야 했던 나는 강의가 끝나면 두부두루치깃집으로 달려가 자정까지 무거운 쟁반을 날랐다. 그도 점점 암약 쪽으로 기울어서 서로를 볼 수 있는 날이 줄었지만 그래도 아주 가끔 그를 만나 오빠라고 원 없이 부르는 것이 좋았다.

7년 만에 나타난 그가 나에게 당부한 건 한 가지였다. 만났었다는 사실을 김상헌에게 말하지 마라.

내가 상념에서 문득 깨어났을 때 주은후는 이미 낙엽 구르는 길 위를 걸어 멀어지고 있었다. 그를 또 볼 수 있을까. 아무 연락처도 남기지 않고 떠났으나 또다시 못 볼 거란 느낌은 들지 않았다. 나는 오후 수업 시간을 확인하고 바삐 학교를 향해 걸었다.

절박한 떨림에 중독된 자

◇

    갈색 서류 봉투는 조금씩 부피를 더해갔다. 얼마큼 편지가 써지면 이로 씨는 그것을 갈색 봉투에 넣었다. 그리고 흰 서류 봉투의 원고를 조금 덜어 갈색 봉투에 넣었다.

    자신의 편지 일부와 그녀의 원고 일부를 보내려는 모양이었으나 이로 씨는 그걸 부치러 우체국에 아직 한 번도 다녀오지 않았다. 영월 주소가 적힌 갈색 봉투의 부피만 늘어났다.

    봉투에 적힌 이름 김재원. 이로 씨가 형이라고 부르는 사람이었다. 친형도 학교 선배도 아니었다. 그가 이로 씨보다 한 살 많기 때문에 형이라고 부르는 것도 아니었다.

    실은 김재원, 그가 먼저 이로 씨를 형이라고 불렀다.

    나이가 어린 사람을 형이라고 부르는 건 한국식이 아니었다. 굳이 형이라고 부르고 싶다면 성까지 붙이는 게 관례였다. 자연스러운 호칭은 그러니까, 이 형이었다. 이 형. 그러나 그는 이로 씨를 그렇게 부르지 않고 그냥 형이라고 했다.

그러니 이로 씨로서는 그를 형이라는 호칭 말고 다르게 부를 수 없었다. 동갑이라도 서로가 서로를 형이라 부르지 않는데 한 살 차이의 두 남자가 서로를 형이라고 불렀다.

이게 묘했다. 서로가 서로를 형이라고 부르는 나라도 있을까. 있겠지. 그 나라가 어느 나라인지는 몰라도 이로 씨는 그와 함께 그 나라 사람이 된 것 같은 기분이 들었다.

서로가 서로를 아무 접두사 없이 달랑 형이라 부르는 간단한 호칭 하나로, 두 사람은 실은 어디에도 있지 않던, 이제 막 생긴 나라의 유이唯二한 주민이 된 셈이었다. 서로를 형이라고 부름으로써 성립되는 가장 작고 사적인 나라.

그것이 묘했다는 것이다. 언제 어디에도 없었던 고유한 영역이 두 사람 사이에 생겨난 것이니까. 아주 없던 말을 쓴 것도 아닌데. 오히려 흔한 호칭이었을 뿐인데.

묘했던 모든 원인을 호칭에다 붙일 순 없었다. 이로 씨를 형이라 부르던 그의 말투와 어감, 그리고 눈빛과 표정이 만들어내는 분위기라는 것도 있었다.

10년 전 이로 씨는 정선에서 그를 처음 보았다. 두 사람 다 이미 오십이 넘은 나이였다. 그랬는데도 김재원의 말투는 어딘가 어린아이 같았다. 조금 전 친구들이 다투었던 일을 어른에게 일러 바치는 어린아이. 이랬는데요, 저랬는데요, 그래서요, 라는 식으로 말을 끊으며 잇는 습관이 있었다.

그의 말에서 이로 씨가 느낀 것은 뜻 모를 향수, 온기, 안도, 우애와 같은 감정들이었다. 그런 말투와 어감, 그리고 눈빛과 표정 말고는 없었을까. 그를 각별하게 여기게 된 또 다른 이유가.

작가와 독자가 관광버스 두 대에 나누어 타고 정선에 갔다. 정선은 선배 원로 작가의 고향이었다. 그가 쓴 작품의 무대를 독자와 함께 걷는 행사였는데 몇몇 후배 작가들이 동행했다. 이로 씨도 후배 작가 중 하나였다.

낮 행사는 작가와 함께 걷기였고 밤 행사는 작가와 함께 마시기였다. 밤 행사는 남녀도 노소도 주객도 없이 어우러져 시간과 주량을 무한정 탕진하는 비공식 회합이었다.

선배 작가는 일흔을 훌쩍 넘긴 나이에도 말술을 마다하지 않는 호주가였다. 애초부터 작품보다는 그의 애주 취향에 맞춰 기획된 일정이었다.

넓은 숙소 마당에 푹신한 수수 기직이 깔리고 교자상을 잇대어 펼쳤다. 마을 노인회 로고가 박힌 천막이 세워졌다. 마당 한쪽에 드럼통만 한 술독이 있었는데 가득한 그 막걸리를 다 마시지 않고는 숙소로 기어들어갈 생각 말라고 선배 작가는 호통을 쳤다.

살벌한 분위기를 피해 도망칠 사람들은 미리 숙소로 사라졌고, 자리에 남은 사람들은 웬만큼 술을 좋아하거나 견딜 만하다고 자신한 사람들, 그리고 이로 씨처럼 선배 작가의 눈치가 보여 어쩔 수 없이 남은 사람들뿐이었다. 거기에 그도 있었다.

그는 서울에서 일행과 함께 내려온 독자가 아니었다. 행사 소식을 알고 찾아온 현지인 중 한 사람이었다. 영월에서 왔다고 했다.

뒤늦게 군수가 부랴부랴 참석하게 되면서 술자리는 무르익었다. 술 잘 마시고 말 잘하고 노래 잘하고 유머가 폭발하는 군수는 선배 작가보다 훨씬 인기가 많았다.

군수는 선배 작가를 고향의 영원무궁할 영광과 자랑으로 시시각각 떠받드는 기지를 발휘해 분위기를 더 살려나갔다.

드럼통의 술을 날이 밝기 전에 다 비울 요량으로 마침내 일행은 벌주 마시기 시합을 했고, 술병 돌리기, 병뚜껑 던지기, 숫자 뺄기 게임에 의기투합했다. 마시고 쓰러지면서도 게임에 이기려고만 하는 무모한 남자들만 남았다.

그도 끝까지 남았으나 술은 그다지 마시지 않았다. 술자리와 술통을 오가며 술 퍼나르는 일에만 열심이었던 사람이 그였기 때문이었다.

이로 씨도 더는 선배 작가나 군수와 대작할 수 없어 슬그머니 일어나 그에게로 갔다. 나도 술이나 나르겠소, 라고 말하기 전이었는데도 그는 알고 기다렸다는 듯 웃어주었다.

표 나는 웃음도 아니었고 그나마도 어둠 속이었기 때문에 그는 그저 희미했을 뿐이다. 그런데 왜 그랬을까. 이로 씨는 자신의 의지와 상관없이 한 발짝 그에게 훅 이끌려 다가간다는 느낌을 받았다.

놀랍게도 드럼통만 한 오지 술독의 막걸리가 정말로 바닥을 보였다. 커다란 오지 아가리에 고개를 들이밀고 그 놀라운 사실을 확인한 이로 씨는 고개를 빼고 입을 벌렸다.

그가 어둠 속에서 다시 웃었다. 이로 씨는 살짝 현기증을 느끼며 또 한 발짝 그에게로 슥 이끌려 갔다. 그가 몇 살인지도 몰랐고 그가 이로 씨를 형이라고 부르기도 전이었다.

#7

그날 상헌 씨가 물을 줄 몰랐다. 마침 그날.

그래서 나는 그가 뭔가 알고 묻는 거라고 생각할 수밖에 없었다.

"주은후라는 사람."

그가 말을 꺼냈고,

"네?"

나는 놀라 그를 바라보았다. 주은후를 만났던 날이었다.

"만났어요?"

"네?"

나는 대답할 수 없어 되묻기만 했다.

"아니에요?"

"갑자기 왜……."

예, 아니오로 대답하지 못했다. 차마 예, 라고 말할 수 없었고 아니오, 라고 대답하면 거짓말이었다.

"문득 궁금해졌어요."

김상헌이 말했다.

"그뿐이에요?"

내가 물었다.

"그뿐이에요."

나는 속으로 안도의 숨을 쉬었다. 그런 뒤 왜 안도했을까 생각했다. 주은후를 만났다고 말하면 안 되는 건가. 어째서? 말하지 말라고 주은후가 당부해서? 그런가?

그런 이유도 있었을 것이다. 그러나 대답할 준비가 되어 있지 않았기 때문이었다는 게 더 정확한 이유였을 것이다.

주은후는 말하지 말라고 했다. 나는 그러겠다고 했다. 그러나 주은후를 만났던 바로 그날 김상헌이 물을 줄 몰랐다. 다 알고 묻는 건지도 모른다고 생각할 수밖에.

물어도 부인하겠다고 주은후에게 다짐을 했지만 알고 묻는 말이라면 부인할 수 없었다. 모르고 묻는 것과 알고 묻는 것은 전혀 달랐다.

그럴 경우를 예상하지도 준비하지도 못했다. 그래서 "그뿐이에요?" "그뿐이에요"라는 대화를 주고받았으면서도 나는 "안 만났어요"라고 말할 수 없었다. 김상헌의 질문이 끝난 것도 아니었고.

"안 만났어요?"

그가 물었다. 더는 피할 수 없다는 걸 나는 알았다.

알고 묻는 게 아니라면 하필 오늘이란 말인가. 주은후를 만난 날이란 말인가. 나에게서 다른 남자의 냄새라도 난단 말일까. 주은후가 쓰다듬었던 왼팔을 나도 모르게 만졌다. 설마.

뭘까. 맥도날드에서 주은후를 만난 사실이 우주의 물질 정보로 떠돌다가 김상헌에게 부딪힌 걸까.

보안분실 마당을 건너다가 흘끗 나를 본 뒤로 모든 열정을 온통 나에게만 기울여온 그였다. 그의 기세는 느리고 조용하고 은근했으나 실은 산으로도 막을 수 없을 만큼이었다. 스스로 운명을 건 사람에게만 주어지는 예감 같은 것? 그런 걸까.

"나를 믿어요. 희린 씨."

내가 대답할 차례인 막다른 골목에서 그가 말해 주었으므로 나는 겨우 숨을 쉬었다.

"신고 같은 거 할 사람이 아니잖아요. 내 발로 경찰을 뛰쳐나온 사람이에요. 날 안 믿으면 안 돼요."

"믿어요."

나는 고개를 끄덕였다. 그를 안 믿었던 적이 한 번도 없었다. 그에게 보이기 위해서가 아니라 내 대답에 대한 스스로의 확신으로 고개를 끄덕인 거였다.

얼마간 침묵이 흘렀다. 그도 말이 없었고 나도 말이 없었다.

그러나 대화가 끝난 건 아니었다. "안 만났어요?"라는 그의 물음은 여전히 유효했다. 김상헌은 나에게 자신을 믿으라고 했고 나는 그를 믿는다고 했다.

하지만 그것은 신고에 관해서였다. 양심선언하며 보안분실에서 뛰쳐나온 사람이 주은후를 수사대에 신고할 까닭이 없었다.

나는 생각했다. 그를 믿지만 그에게 솔직하기 어려운 까닭을. 말할 필요도 없이 신고나 고발에 관련된 믿음의 문제가 아니기 때문이었다. 내가 김상헌의 사실상의 아내지만 헤어짐 없이 헤어진 주은후의 첫사랑이라는 게 문제였다.

거기까지 생각했을 때 김상헌이 금방 내 머릿속에서 튀어나온 사람처럼 말했다.

"대답을 안 하는 건, 혹시 세 사람의 관계를 남녀의 문제로 보기 때문인가요?"

놀란 마음을 어찌할 수 없어서 나는 그를 빤히 바라보았다. 그럴 수밖에 없었다.

"그렇담 유감이에요. 나는 세 사람의 관계를 더는 그렇게 보지 않으니까. 충분히 오랜 시간이 흘렀고, 희린 씨는 조금도 잘못한 게 없고, 무엇보다 당신은 내 사람이라고 확신하고 있으니까요."

"대답할게요."

내가 말했다. 시간을 끌수록 김상헌의 오해와 실망만 커질 뿐이었으니까.

"만났어요."

이제 주은후한테는 무어라고 말할까. 대답하고 나자 그 생각부터 들었다.

"말해 줘서 고마워요."

그가 말했고,

"말 안 할 이유가 없잖아요."

내가 말했다.

대답을 망설였던 것에 대해 나는 설명하고 싶었다.

"오빠는 말하지 말아달라고 했죠. 오빠⋯⋯라고 불러왔으니까 오빠라고 하는 거예요."

"알아요. 희린 씨는 전에도 늘 그렇게 불렀고, 오빠라는 사람에 대해서 나에게 많은 얘기를 했죠."

"말하지 말아달라는 오빠의 말을 나는 납득했었어요. 나쁜 뜻도 다른 뜻도 없었으니까. 그리고 이제 상헌 씨의 말을 잘 납득했어요. 그러느라 대답이 늦어졌던 것 이해해 주면 좋겠어요."

"이미 나는 고맙다고 말했는걸요."

언제나 솔직하자고 나는 생각했다. 불편하더라도 그렇게 하는 것이 결국엔 문제를 명료하게 하는 일이며 불필요한 오해와 감정의 소비를 줄이는 길이라고.

김상헌과 나는 실질적 부부였다. 이것은 언제까지나 변함없을 거라고 서로 맹세했다. 맹세하는 데 후회 없었고 기꺼웠다. 어디서나 이 사실을 잊지 않기로 했다.

"오늘 오빠 만난 거 알고 있었나요?"

내가 물었다.

"아뇨."

"그런데 어떻게……?"

"느낌이었지만 확신했어요."

"그랬던 거네요."

"내게 그럴 자격이 있나 보죠."

"상헌 씨에겐 무한 자격이 있어요. 나에 관해서라면."

"그 한마디면 모든 게 충분해요."

"무엇이든 감출 수 없고 무엇이든 알아채는 사이란 게 있는 거겠죠. 우리 사이처럼."

그가 내 어깨를 가만히 끌어다 안으며,

"그럼요."

라고 말했다.

나도 그를 꼭 안았다.

◇

　오지 술독을 여러 사람이 거꾸로 들어 술독 안의 메밀막걸리를 마지막 한 방울까지 따라 마신 다음에야 술자리가 끝났다. 끝났으나 숙소 앞마당의 술자리가 끝났을 뿐이었다.

　원로 작가와 군수 일행은 인근 술집의 주인을 전화로 깨워 또다시 엄청난 양의 술을 주문하고 그리로 떠났다. 새벽 네 시가 조금 넘은 시각이었다.

　그와 이로 씨는 따라가지 않았다. 텅 빈 오지 술독과 함께 어둠 속에 남았다. 취한 일행은 두 사람의 이탈을 눈치채지 못했다. 두 사람을 흘리듯 남겨놓고 가버렸다.

　"저 작가님이요, 술을 저렇게 마셔도 건강을 끔찍하게 챙기시는 거 아시죠?"

이로 씨가 아닌 그의 말이었다.

"술 잘 드시는 거야 세상이 다 아는 바지만, 건강을 끔찍할 정도로 생각한다는 건 나로선 잘 모르는 일이에요."

이로 씨는 새벽별 총총한 하늘을 올려다보며 말했다.

선배이고 동료이기도 한 작가에 대해 이로 씨보다 그가 더 잘 알 수도 있는 거라고 생각했다. 이로 씨에게는 선배 작가지만 그에게는 지역 선배일 테니까. 같은 학교를 나왔을 수도 있고.

"라면을 드시면서까지도 그래요. 라면 국물은 절대 먹지 마라. 소금물이야. 고혈압엔 독이지. 그러거든요, 저 작가님이요."

직접 들은 건 아니고 산문집 어딘가에서 읽었다고 그는 말했다. 면만 먹고 국물은 버린다는 선배 작가의 짧은 글을 읽은 뒤로 틈날 때마다 다른 작품도 찾아 읽었다고 했다. 그러다 좋아하게 되었다고.

"라면 국물 때문에요?"

이로 씨가 물었다.

"술은 그토록 마시면서 사소한 라면 국물에 엄살을 떠는 게 이상했으니까요. 그러니까…… 그게 마음에 들지 않아서."

"그런데도 다른 글을 찾아 읽었다는 거네요."

"이해할 수 없었으니까요. 마음에 들지 않았지만 궁금했으니까요."

"아, 궁금."

"궁금증이 쉽게 풀리지 않았어요. 하지만 어느 순간부터 조금씩 풀리기 시작했나 봐요. 계속 읽는 도중에요. 작가님을 좋아하게 된 걸 보면요."

"왜 그러는 걸까요? 몸을 그토록 사리면서 술은 어째서 과음과 폭음을 마다하지 않는 걸까요."

그는 얼른 대답하지 않았다. 이로 씨가 올려다보던 새벽하늘을 가리키며 저게 황소자리예요, 라고 말했다. 이로 씨는 그가 어디를 가리키는지 알 수 없었다.

"그분의 글을 읽으면서 나 혼자 내린 분석일 뿐이에요. 그분의 의도라기보다는 내가 필요해서 내린."

그가 말을 이었다. 새벽하늘에서 눈을 떼지 않은 채로.

그분은 많은 작품을 썼으면서도 태작이라고 할 만한 작품이 거의 없는 사람이었다. 성실한 작가로 이름난 사람이었다. 자기원칙에 충실하고 일상을 혹독하게 관리하지 않으면 그만큼의 작품과 평판을 얻기 어려웠을 것이다. 그런 분이었으므로 자신의 건강을 끔찍하게 생각하는 건 너무도 당연했다.

그런데 그렇지 않았다. 그분은 유독 술의 유혹을 이기지 못했다. 한번 마시면 죽음 직전까지 갔다. 폭음은 한두 해로 끝나지 않았고 평생을 따라다녔다. 그분의 작품에서도 술과 싸우는 인물이 자주 등장했다. 인물들은 끝내 술에서 벗어나지 못했다. 나중에는 벗어나지 않으려는 것처럼 보였다.

술 마셔서는 안 되는 사람과 마시지 않고는 살 수 없는 사람이 같은 사람이었다. 그것을 고민하는 사람도 같은 사람이었다.

고민은 끝나지 않았다. 계속될 수밖에 없었다. 그분에게는 고민이 필요했다. 없으면 안 될 것이었다.

풀리지 않는 고민을, 없으면 안 될 고민으로 안고 평생을 가고자 다짐하거나 선언하는 것. 마셔서는 안 되는 걸 기어이 마시는 모순. 스스로 챙긴 건강을 스스로 망가뜨리는 파행. 어울릴 수 없는 두 항목을 위태롭게 끌어안고 긴장과 불안을 아우르며 가는 게 그분의 문학이고 예술이었다.

문학이고 예술이 아니라면 가능하지도 용납되지도 않을 사태. 어쩌면 예술가적인 삶을 예술가답게 겪어내기 위해서라도 필요한 사태. 인간다운 삶을 인간답게 감당하기 위해서도 그분에겐 필요한 사태였다. 아무리 복잡하고 이해 불가능해도, 복잡하고 이해 불가능할수록, 능히 견디어 받아들일 수 있어야만 우리의 삶이 삶다운 무게와 밀도를 갖게 되지 않을까.

이것은 그가 선배 작가의 작품을 빠짐없이 읽고 조심스럽게 내린 분석이었는데, 실은 그날 새벽에 그가 한 말을 이로 씨가 듣고 정리한 것이다.

이로 씨는 이런 식의 딱딱하면서도 모호한 정리를 지겨워하는 편이었다. 그런데 스스로 그런 정리를 해버렸다. 그날 새벽하늘에 빛나던 선명한 별자리들 때문이었노라고 이로 씨는 아무렇게나 자신에게 핑계를 둘러댔다.

이로 씨에게 더 생생했던 그날의 기억은 그의 분석이 아니라 다른 거였다. 그가 가져왔던 커피의 맛 같은 거. 부드럽고도 날카로운 창이 식도를 따라 몸속 깊숙이 꽂히는 느낌. 그리고 이로 씨를 향해 아무 사전 동의 없이 형이라고 부르던 그의 이상하리만큼 선선한 표정 같은 것이었다.

"잠들기 엔 이미 늦은 것 같으니 형만 괜찮다면 커피 어때요?"

그가 타온 커피가 숙소에 있노라 했다. 아무래도 한두 살쯤 많아 보이는 그가 형이라고 부르자 이로 씨는 잠시 무르춤했다.

"그쪽이 형 같은데요."

이로 씨가 말했다.

"김재원이에요. 형 이름은 익히 알고 있었고요."

그가 말했다.

"나보다 한 살쯤 많아 보여요. 쓸 만한 재주는 아니지만 어머니한테 물려받은 나이 맞추는 재주가 있어요."

그날 정선의 밤하늘은 무섭고 징그러울 만큼 별이 많고 가까웠다.

"굉장하네요."

그가 말했다.

"별이요? 아니면 내가 맞춘 게요?"

"둘 다요."

"그쪽이 형인 게 맞잖아요."

그러나 그는 끄떡 않고 이로 씨를 형이라고 했다.

"잠들기엔 이미 늦었다고 내가 말했는데, 형이라면 왠지 잠들기엔 너무 이르다고 말할 것 같아요. 곧 아침이 될 거니까요."

이로 씨는 뭔가를 빠르게 체념하고 말했다.

"뭐라 말하든 형의 커피는 마시게 되는 거겠죠."

숙소로 들어가 둘은 커피를 마셨다.

김재원이라는 사람은 커피를 보온병에 넣어 다니는 남자였다. 그가 따라주는 커피를 마시고 이로 씨는 깜짝 놀랐다. 두 가지 감상이 동시에 떠올랐다.

이런 커피라면 밤을 못 새울 것도 없지!

이런 커피라면 보온병에 안 넣고 다닐 까닭이 없지!

커피는 엇! 하고 놀랄 만큼 인상적이었다. 맛있다는 이유 때문만은 아니었다. 맛있다고 말해 버리고 마는 것만큼 맛에 무감한 반응은 없을 거라고, 이로 씨는 생각지도 않은 생각을 갑자기 그 자리에서 해버렸다.

"혼란을 받아들이는 법을 배운 거예요. 그분을 알고 작품을 읽으면서."

그가 말했다. 이로 씨는 방안에 퍼진 커피 향에 몽롱해져 있는데 김재원은 여전히 숙소 마당의 별빛 아래 있는 것 같았다.

이로 씨는 말없이 커피를 마셨다. 말없이 마시는 것이 이런 커피에 대한 최고의 찬사라는 좀 억지스러운 생각까지 하면서.

"혼란이든 고통이든, 이기거나 벗어나야만 하는 건 줄 알았거든요. 그것이 어떤 맛이 될 수도 있다는 걸 몰랐죠. 그분의 글을 읽기 전까지는요."

그 맛이 이 맛이란 말인가. 이로 씨는 울상이 되어 커피를 홀짝였다. 그의 혼란, 그의 고통은 무엇이었을까 생각했다. 어떤 것이었기에 이런 맛이 되었을까.

"형도 혼자죠?"

깜짝야!

무얼까 이것은. '혼란'과 '고통'에서 갑자기 '혼자'로 이어지는 이 비약은? 저 사람도 남의 처지를 알아맞히는 어머니를 닮아 이러는 걸까.

"혼자지만…… 이런 맛은 내지 못하죠."

애써 마음을 가라앉히고 이로 씨가 가까스로 대답했다. 그사이 분명해졌다. 그에게 혼란과 고통이 있었다는 것. 지금 그는 혼자라는 것.

그의 말이 고백을 품고 있다는 걸 깨닫고 이로 씨는 잠시 어찌할 줄 몰랐다. 고백을 듣는 자의 부담과 불편함. 게다가 그가 굳이 형이라고 부르는 까닭을 속수무책 알아버린 것만 같았다. 그렇게 많은 것들이 한꺼번에 훅 들어오다니.

"작가님이…… 형의 고향 선배신가요?"

이로 씨가 말머리를 돌리며 물었다. 이로 씨도 선선하게 형이라고 했다.

"작가님은 정선이고 나는 영월인데요, 어쨌든 영월도 내 고향은 아니에요. 서른여섯에 영월에 왔으니까요."

"아, 서른여섯."

이로 씨는 자신의 서른여섯을 떠올려보았다. 아무것도 떠오르지 않았다. 당장 선명한 건 숙소 밖의 새벽별빛과 숙소 안의 커피 맛이었다. 그리고 혼란과 고통의 김재원이 서른여섯의 나이에 동강의 물처럼 혼자 남강원으로 흘러들었다는 것.

형에게

그녀는 편지를 쓰고, 편지를 받아요.

어쩌면 나도 그래서 형에게 편지를 쓰게 된 건지도 모르겠네요.

그녀가 편지를 쓰는 대상은 주로 그녀의 제자들이에요. 가족과 지인들에게도 종이 편지를 쓰고요. 받는 것도 물론 그들한테서죠.

좀 특이한 점이 있다면 그녀가 가끔 이 도시에 사는 사람들한테도 편지를 쓴다는 거예요. 언덕 위에 사는 그녀가 언덕 아래 사람들에게 편지를 보내는 거죠.

그럴 때는 편지지가 아닌 엽서를 써요. 그게 다른 점이에요. 그리고 그들한테서는 답장이 거의 없다는 것. 그래도 쓴다는 것.

그녀에게 편지 쓰는 이유를 물었다가 머쓱했었죠.

"편지는 왜 쓰세요?"

질문이 너무 좀 그랬는지 그녀는

"받기 때문이겠지요."

라고 말했어요. 첫 번째 머쓱이에요.

"언덕 아래 사람들한테서는 답장 못 받잖아요. 그래도 쓰잖아요."

받아치며 속으로 앗싸! 정체 모를 쾌재를 불렀죠.

"제가 쓰면 그들이 받을 테지요. 받는 사람이 있으니까 쓰는 거 겠고요. 유지하려는 걸 테죠."

그녀가 말했어요.

"유지요?"

"아마도."

"뭘요? 뭘 유지하죠?"

"뭔가를요. 뭔가를 유지하기 위해."

그러면서 어디 먼 데를 보고 있더라고요. 자기만의 상념에 빠져서. 나를 향해 한 말 같지 않았어요. 두 번째 머쓱이었죠.

이 도시에는 몇 개의 멋진 시장통이 있는데 슬슬 돌아다니다 보면 그녀의 엽서를 만날 수 있어요. 어떤 상인들은 그녀에게서 받은 엽서를 진열장 유리에 붙여놓기도 하거든요.

그녀가 언제 편지를 쓰는지 사람들은 잘 몰라요. Tolo에서 쓰긴 쓰는데 워낙 손이 빨라서요. 편지를 쓰다가도 손님이 오면 언제 그랬냐는 듯 슥 치우거든요. 그 치우는 동작이 은근하고도 감쪽같다는 거예요. 손이 빠르다고 한 것도 그런 뜻이고요.

내용을 감추려는 게 아니라 딴짓처럼 보일까 봐 그러는 거죠. Tolo는 아이스크림 카페니까 아이스크림 카페처럼 보여야 한다. 그런 생각이었을 거예요. 카페에 손님이 왔는데 주인이 편지를 쓰고 있다? 난 괜찮지만 안 괜찮은 손님도 있을 테니까요.

난 괜찮았어요. 왠지 아이스크림 카페에 더 어울리는 풍경처럼 보였으니까요. 푸른 창살 너머로 바다가 내려다보이고 한낮의 카페는 살짝 한가한 거예요. 타르트와 커피의 달근하고 구수한 향이 감돌죠. 거기에 누구에겐가 편지를 쓰는 초로의 주인 여자가 앉아 있는 게 어때서요.

괜찮았어요. 그래선지 그녀는 나에게 종종 편지를 읽어주곤 해요. 제자들한테서 온 거를요. 선생님, 오늘은 동네 아웃렛 식품 코너에 가서 떡볶이를 사먹었어요. 이런 내용의 편지죠. 그녀는 읽고 나는 들어요.

— 그런데 선생님, 돈가스떡볶이를 시킨다는 걸 그만 그냥 돈가스를 시켜버렸지 뭐예요. 돈가스떡볶이를 달라고 해야 했는데 떡볶이집이니까 뒤에 떡볶이를 빼고 앞의 돈가스만 말했던 거예요. 떡볶이집인데 어련히 알아서 나올까. 그랬더니 세상에, 정말 돈가스만 나오고 말았지 뭐예요. 그 집에 돈가스 메뉴가 따로 있었던 거예요, 선생님. 떡볶이집에.

108

읽으면서 그녀는 나를 슬쩍 바라봐요. 지난번에 형한테 말했던 그 눈길로요. 자기장 눈길.

— 어머 어머 어머 어떡하나, 하고 비명을 질렀어요, 선생님. 그녀는 계속 읽죠. 나는 계속 듣고요. 돈가스떡볶이를 시킨다는 걸 그만 돈가스를 시키고 말았네. 따로 돈가스가 있다는 걸 몰랐는데, 어머 어머 어머 어떡하나? 막 이랬어요, 선생님. 그랬더니 외려 그쪽에서 죄송하다며 별도로 떡볶이를 한 그릇 더 주더라고요. 젊은 청년 둘이 하는 떡볶이집인데 서비스가 좋아요. 친절하고요. 결론은요, 선생님. 돈가스 하나 값을 주고 돈가스 하나 떡볶이 하나를 먹었다는 거예요. 1인분 값 내고 2인분 먹은 거죠.

그리고 언덕 아래 사람에게 보내는 다음과 같은 내용의 엽서도 나는 읽을 수 있어요.

— 요전의 흰 껍질 계란 좋았어요. 잘 먹었어요. 계란 한 판에 쌍알이 두 개나 있었어요. 노른자가 진하고 단단해요. 또 사러 갈게요.

아, 내가 왜 형한테 그녀의 편지 얘기를 꺼냈는지 이제 알겠어요. 오늘 그녀의 엽서가 진열장에 붙어 있는 건어물 가게에서 약간의 소란이 있었거든요. 건어물 가게 여주인과 손님 사이에 벌어진 소동이었는데, 멀찍이서 지켜보자니까 손님은 아니었고, 나도 언젠가 지나치듯 몇 번 봤던 방문판매원 여성이었어요.

카페로 오는 길에 그런 일이 있었노라. Tolo의 엽서가 붙어 있는 가게더라. 이 말을 그녀에게 전하고 싶었던 거예요. 그녀에게 엽서 쓸거리를 제공하고 싶었던 거겠죠. 내 말을 듣고 그녀가 건어물 가게에 위로든 당부의 말이든 써서 보내지 않을까 싶어서.

카페에 도착하기 한 시간쯤 전 시장통을 지나는데 한쪽에서 갑자기 무슨 소리가 들렸어요.

"넌 밸도 없니, 밸도?"

그러니까 이어,

"밸은 무슨. 언니는 밸 많아? 여기도 순 밸 없는 것들이구만 뭐."

라는 소리가 들렸죠. 앞의 것은 건어물 여주인의 말이고 뒤의 것은 방문판매원의 말이었어요. 그 전에 무슨 말이 오갔는지는 모르나 목소리만으로도 둘은 이미 폭발할 대로 폭발한 상태더라고요.

사실 나는 방문판매원이 뭘 파는지 아직 몰라요. 내가 그녀에 대해 아는 것이라고는 그녀가 늘 붉은 옷을 입는다는 거였어요. 붉다기보다는 빨갛다고 해야 할 색상의 옷. 그리고 그 색상에 맞춘 듯한 입술.

그런데 밸이 뭐지? 내가 짐작하는 그건가?

110

나라는 사람이 이렇죠. 저들이 왜 싸울까보다는 엉뚱한 쪽으로 관심이 쏠려 기어코 시장통에 선 채 네이버 사전을 검색하는 그런…….

밸 [밸:] 명사 '배알'의 준말. 유의어 '창자'. 표준국어대사전.

맞네, 맞아. 배알이 없는, 속이 빈, 자존심도 없는. 혼자 끄덕이고 시장통을 빠져나왔죠. 나와서 몇 걸음 걷는데 나도 모를 소리가 으응! 하고 내 목구멍을 빠져나왔어요. 탄사라는 게요. 탄성, 탄식. 그게 나오자마자 내 걸음은 길 위에 쩍 달라붙었죠. 으응! 하자마자 완전 스톱. 꼼짝을 못하겠더라고요.

그러고서는 '나는 밸이 있나?'라고 나에게 물어버렸던 거예요. 약간 넋이 나가서. 어쩌자고 그랬는지는 모르지만. 하여튼 묻자마자 건어물 가게에 수북했던 밸 없는 마른 생선들이 마구 떠올랐고요.

나는 요즘 길을 걷다가 혼자 탄사를 내뱉으며 이렇게 급정거하는 경우가 잦아요. 뭐, 나쁘지 않아요. 좋아요. 쓸데없는 넋은 종종 나가버리는 것도 괜찮잖아요. 빌빌 슬슬 어슬렁거릴 여유가 없다면 맛볼 수 없는 맛이기도 하고요.

그러다 보니 으응! 하고 멈추어 서서 서른여섯 때의 나를 생각하게도 되었던 거죠. 형을 처음 만났을 때는 서른여섯의 내가 통

떠오르지 않았어요. 형이 서른여섯부터 영월에서 살기 시작했다는 말을 들었을 때 말예요.

서른여섯의 나는 아닌 게 아니라 뱀 없이 산 청춘이었던 것 같네요. 뱀이라는 말을 듣고 길 가운데서 서른여섯의 나를 떠올렸던 것만 봐도 그래요.

느지막이 만난 아내를 아내로 맞기 위해 뱀을 몽땅 내놨었는데 그게 우리 중 누구에게도 도움이 되지 않았어요. 결혼한 지 10년도 못 되어 혼자가 되고 말았으니까. (아내는 나의 뱀 없음 때문이 아니라 엉뚱한 쪽으로만 관심이 쏠리는 내 취향에 질렸다고 했지만요.) 한번 사라진 뱀은 그 뒤로 좀처럼 돌아오지 않았는데 어쩌면 본디부터 나에겐 그것이 없었던 거 아닐까요.

아, 이제 진짜 알겠어요. 음, 오늘 왜 형한테 Tolo의 편지며 엽서 얘길 시작했는지.

편지를 쓰고 편지를 받는 Tolo의 그녀에게 시장통의 뱀 얘기를 편짓거리로 해주려던 것이었는데, 그 뱀 얘기에서 나의 서른여섯 뱀 얘기로 넘어왔고, 결국 내가 이렇게 혼자가 되고 말았다는 말을 하고 있잖아요.

그거예요. 시장통의 뱀 얘기를 다 듣더니 Tolo의 그녀가 불쑥 물었다는 거예요.

"싱글 아닌가요?"

이렇게요. 싱글이라니. 처음에 나는 시장통의 방문판매원을 두

고 하는 말인가 싶어 아아아, 하고 탄사만 흘렸죠. 아아아, 하고
요. 그러고는 곧장 흐음, 그 여자가 싱글인지를 내가 어떻게 안담?
하고 속으로 중얼거렸어요.

그러다가 그것이 방문판매원 여성에 관한 질문이 아니라는 걸
알았죠. 나에게 던지는 질문이었어요. 그녀의 자기장 눈길과 마주
치니 딱 알겠던걸요. 나를 향한 질문이라는 걸.

형과 똑같더라는 거예요. 처음 본 날 형도 나에게

"형도 혼자죠?"

라고 물었었잖아요. Tolo의 그녀도 그랬어요.

어어랏, 그런 게 다 보이나? 밸이 없어서 훤히 보이나? 그런 소
심한 생각을 하고 있자니 밸이 없어도 땅땅 큰소리치던 시장통의
방문판매원이 갑자기 그리움처럼 부러워지더라고요.

혼자냐고 불쑥 묻는 거. 이걸 혼자인 사람 간의, 유대를 위한
타진이라고 봐도 될까요. 자기 고백이기도 한 거잖아요. 싱글인
사람이 혼자인 거냐고 묻고 혼자인 사람이 싱글인 거냐고 묻는
거니까요. 불쑥. 형처럼.

#8

나를 조사했던 사람은 사십 대 초반의 남자였다. 그에게는 중학생 딸이 하나 있었다. 그 말고도 삼십 대 중후반의 남자 하나가 필요할 때마다 조사실에 들러 내 두 팔을 등 뒤로 꺾어 쥐었다.

필요할 때란 내 머리가 욕조의 물속에 처넣어질 때였다. 대개는 셋이 하지만 나 정도에 세 명이면 과분해서 둘이 하는 거라고 했다. 설명하는 식으로 천천히 말해 주었다. 나는 약했고 고분고분했고 머리가 물에 처넣어지면 금방 축 늘어졌다.

삼십 대 중후반의 남자는 늘 나의 두 손목을 등 뒤로 잡아 움켜쥐고 위쪽으로 치켜올렸다. 어깨가 빠질 것처럼 아팠으나 코앞이 물이라 내 고개는 절로 뒤로 젖혀졌다. 젖혀진 고개를 물속에 처박는 일은 언제나 나를 담당했던 조사관의 몫이었다.

머리를 물속에 넣는 건 왠지 나보다는 아랫사람이 해야 될 것 같지? 안 그래? 수고스러우니까.

그가 말했다. 나에게 하는 말이었다.

물에 처넣는 사람이든 처박히는 사람이든 한바탕 물난리를 치고 나면 얼마간 몽롱해졌다. 조사가 다시 시작되기 전의 소강상태. 그는 의자에 앉아 나를 물끄러미 쳐다보고, 나는 벽에 등을 기대고 주저앉아 맞은편 벽을 바라보았다.

물에 처박히다 건져지고 나면 조사실은 진공처럼 조용했다. 그럴 때 그가 그런 말을 했다. 한껏 느리고 작아진 그의 목소리가 똑바로 들렸던 것도 몹시 조용했기 때문이었다.

뒤에서 팔을 잡고 있는 게 쉽지. 응, 그게 쉬워. 쉬운 일은 윗사람 몫이잖아.

귀는 열려 있는 거니까 그의 말이 흘러들었다. 굳이 나에게 무슨 말을 하려는 것 같지는 않았다. 조사를 다시 시작하기 전의 휴식. 담배를 한 모금 길게 빨고 그냥 내뱉기가 뭣하니까 말을 섞어 뱉는 듯한. 조금은 무료한. 그는 습관처럼, 설명하는 식으로 말했다.

하지만 말야, 뒷목을 움켜쥐고 물에 넣을 때의 느낌을 양보할 수는 없어. 특히 너같이 작고 여린 목덜미에서 전해지는 떨림은 더욱 놓칠 수 없지.

그가 말했다.

낚시할 때 손맛 같은 거야. 물속의 고기가 사력을 다해 몸부림

치는 게 낚싯줄과 낚싯대를 통해 손에 전해지잖아. 그걸 손맛이라고 하잖아. 낚시꾼들이 왜 그 맛에 환장을 하게? 절박함이지. 거기엔 절박함이 있거든. 사력을 다해 몸부림친다고 했잖아. 살려고. 생명이니까. 그걸 잃지 않으려고 그러는 거니까. 그게 절박함이고, 진짜지. 생명을 건 것이라야 진짜인 거야. 나는 진짜를 맛보고 싶은 거야. 넌 진짜라는 게 뭐라고 생각해? 세상에 진짜가 얼마나 될까. 있다고 해도 그걸 맛볼 수 있는 기회가 그리 많을까. 사람은 말이야, 진짜라는 걸 진짜로 느끼고 알게 되면 웬만해서는 그것에서 벗어날 수 없어. 중독이 되는 거야. 어쩔 수 없어. 진짜여야만 해소되는 게 있는 거거든. 절박한 떨림. 그건 뭔가와 통하고 닿아 있지. 확실히 느껴지거든. 왜 사람이 사람을 죽이고 테러하고 학대하는 줄 아나? 순간이지만 완전한 해소를 느끼려는 거지. 완전한. 세상에 그것처럼 진짜인 게 없으니까. 힘센 놈이 저항하는 것보다 너처럼 연약한 게 더 좋아. 힘센 것은 섬세함이 덜하거든. 외려 손맛을 버릴 수가 있어.

"희린아."

주은후가 나를 불렀다. 내 이름을 불렀다.

나는 이야기를 멈추고 주은후의 얼굴을 바라보았다.

"천천히, 응? 희린아."

그가 말했다.

천천히라는 말을 나는 작게라고 들었다. 작게.

116

맥도날드였다. 사람들은 우리에게 무심했다. 그래도 주은후에게는 위험한 장소였다.

주은후를 쉽게 다시 만나지 못했다. 나는 매일매일 맥도날드에 들러 햄버거를 먹고 학교로 향했다. 그를 기다리진 않았지만 안 기다린 것도 아니었다.

어디선가 그가 나를 보고 있다고 생각하지 않을 수 없었다. 나를 보고 있을 그에게 나는 어떤 사인도 보내지 못했다. 사인 같은 걸 정하지 않았기 때문이고 내가 맥도날드에 앉아 있는 것 자체가 사인이라고 생각했기 때문이었다.

지난 7년간 그랬듯 나는 그의 사정을 알지 못했다. 알면 그도 나도 위험해질 수 있다는 건 알았다.

두 달이 지나 그가 내 앞에 다시 나타났다.

"그런 사람이었어. 날 조사했던 사람."

내가 말했다.

"나 때문에 네가 몹쓸 짓을 당했어."

주은후가 말했다.

"오빠 때문이 아니라 나쁜 세력 때문."

"너한테 평생 못 갚을 빚을 졌어."

"끔찍한 게 그 사람뿐이었을까? 조사관들은 다 똑같아. 오빠가 붙잡혀서는 절대 안 되는 이유를 너무도 잘 알게 되었어. 오빠의 일이 옳은 일이라는 것도 그들이 확실히 알려준 셈이지. 그러니 오빠의 빚이 아니라는 것도 알지."

조사관들은 똑같았다. 잡혀가기 전에 들었던 그들에 관한 소문과 내가 직접 당하고 겪은 것이 조금도 다르지 않았다.

어째서 그럴 수 있는 거냐고 조사관에게 물은 적이 있었다. 어째서 다 똑같은 거냐고. 그토록 지독하게 진부한 거냐고. 조사관이 중학교에 다니는 자신의 딸 얘기를 꺼낸 뒤였다.

희린아.

어느 날 그가 부드러운 소리로 날 불렀다. 가끔 그는 동생이나 딸을 부르듯 내 이름을 천연스레 불렀다. 어떤 때는 정말 주은후가 부르는 것처럼.

넌 중학교 때 어떻게 공부했니? 우리 애 성적이 영 말이 아니라서 말이야. 보니까 넌 꽤 공부한 것 같더라. 무슨 좋은 방법 없을까?

두서는 없지만 나는 고통 없는 시간을 벌기 위해 생각나는 대로 내가 했던 공부 방식을 그에게 길게 말해 주었다. 특별한 방법이랄 것까지는 없었으나 사소하고 구체적인 것까지 길게 길게. 그는 내가 하는 말을 노트에 적었다. 조서 꾸미는 일보다 더 열심히.

그러던 중에 내가 물었을 것이다. 어쩐지 물어도 될 것 같아서. 어째서 다 똑같은 거냐고.

그가 머리를 긁적였다.

야야, 생각해 봐라. 잡혀오는 놈들이 너무 많잖니. 오죽하면 마당에 컨테이너 가설유치장까지 두었을까.

118

그가 한숨을 쉬었다.

빨리빨리 해치워야 하니까. 가장 효율적으로 해치우려니까 똑같은 방식이 되는 거지. 얌마, 사실을 캐내려는 게 아니잖아. 그렇지? 그랬지? 하고 우리가 묻는 말에 너희들은 네, 라고 대답만 하고 대답한 고대로 재판받는 거니까. 이미 틀이 정해진 거야. 그래서 똑같아지는 거야. 근데 니들이 머리가 안 돌아가서 자꾸 딴소리하니까 니들도 우리도 고생하는 거야. 정말 이 짓 피곤해서 못해먹겠다. 니들만 잠 못 자는 줄 아니?

그리고 또 그가 긴 한숨을 쉬었다. 그 한숨이 왠지 진짜인 것만 같아서 나는 가슴이 철렁 내려앉았다. 떨리는 내 뒷목을 쥐고 생명체의 절박함을 느끼면서 진짜에 떤다던 그보다, 아버지로서 딸아이의 성적을 고민하고 피조사자 앞에서 솔직하게 피로를 호소하는 그가 훨씬 더 진짜 같고 끔찍해서 가슴이 철렁 내려앉았다.

"희린아."

주은후가 다시 내 이름을 불렀다.

나는 이야기를 멈추고 그의 얼굴을 바라보았다. 주은후는 다른 곳을 보고 있었다. 우리 쪽을 향해 다가오는 누군가에게서 눈을 떼지 못했다.

불길한 기운으로 내 몸이 통째로 얼어붙는 것 같았다. 나는 고개를 돌려 이 쪽으로 오고 있는 남자를 바라보았다.

김상헌이었다.

미워할 수 없는 거라던

말

◇

"제 아버지에 관한 내용도 있습니까?"

박솔이 물었다.

이로 씨는 대답하지 않았다.

"질문이 너무 단도직입적이고 느닷없었습니다. 죄송합니다."

박솔이 고개를 숙였다.

"아아."

이로 씨는 어쩔 줄 몰라 손사래를 쳤다. 박솔이 고개를 너무 깊이 숙였기 때문이었다. 그러나 이로 씨는 여전히 대답하지 않았다.

그들은 벽 한 면이 한 장의 통유리로 된 3층 카페에 앉아 차를 마셨다. 박솔은 두 잔째 커피를 마셨고 이로 씨는 커피를 마신 뒤 곧장 랑그드샤 아이스크림을 먹고 있었다.

이로 씨가 산책길에 들르는 카페 중 하나였다. 랑그드샤 쿠키 콘에 담아주는 우유 맛 진한 아이스크림은 Tolo의 아이스크림과는 여러 면에서 퍽 대조적이었다. 그러나 이로 씨는 랑그드샤도 슬슬 좋아지기 시작했다.

Tolo에서 아이스크림을 먹고 커피를 마시게 된 뒤로 이로 씨는 종종 아이스크림과 커피의 조합을 즐겼다. Tolo의 아이스크림은 노란 플라스틱 티스푼으로 떠먹었고 랑그드샤는 혀로 핥았다.

이로 씨는 처음 보는 청년 앞에서 아이스크림을 맛있게 핥았다. 오래 전 헤어진 아내가 떠올랐다. 그녀가 보면 기겁했을 장면이니까.

"어머니는 사실의 정리라고만 하셨어요. 사실의 정리라니. 그게 어디까지일까 궁금했지요."

박솔이 말했다.

"으으음."

이럴 때 쓰는 게 탄사라는 듯 이로 씨는 고개를 끄덕이며 길게 콧소리를 냈다.

"혹시 어머니의 일생을 정리한 건 아니었을까. 그렇다면 아버지에 관한 내용도 있지 않을까 했었죠."

"내 생각엔, 일생을 정리해야 할 만큼의 나이는 아직 아니시지 않을까 싶은데. 어머니께서 말이죠."

잘한 대답이라고 이로 씨는 생각했다. 일생을 정리한 내용은 아

니다. 그리고 우리쯤의 나이에 일생의 정리라는 건 아직 어울리지
않는다, 라고 꼬집으면서도 아버지에 관한 즉답은 피했으니까.

"옳으신 말씀입니다. 그런 내용이길 저 혼자 바랐던 건지도 모
르죠. 그리고 그런 걸 어머니께 직접 묻지 않고 선생님께 물어서
본의 아니게 선생님을 누설자가 되게 할 뻔했습니다. 죄송합니다."

"아버지의 어떤 점이 궁금한가요?"

이로 씨가 물었다.

"아버지에 관한 것이라면 무엇이든요. 특별한 이유는 없습니다.
제가 아버지의 아들이기 때문이라는 이유밖에는."

"어머니께서 아버지에 관한 얘기를 안 하셨던가요?"

"하셨습니다. 그러나 저에게는 왠지 늘 충분치 않았습니다."

"음, 혹시 아버지가 지금 어디에 계시는지는 알고 있나요?"

박솔은 대답하지 않았다. 이로 씨를 물끄러미 바라볼 뿐이었다.

"아, 내 질문이 이상한가요?"

이로 씨가 물었다.

"아무래도 어머니의 글에 아버지에 관한 얘기는 없나 보네요."

박솔이 말했다.

"왜 그렇다고 생각하죠?"

"선생님께서는 이미 어머니의 글을 다 읽으셨습니다. 그런데도
제 아버지가 어디에 계시는지 저에게 물으셨습니다."

"그랬지요."

"아버지는 돌아가셨습니다."

"엇!"

이로 씨가 놀라며 상체를 곧추세웠다. 아이스크림이 흘러내릴 뻔했다.

다행히 아이스크림은 흘러내리지 않았다. 흘러 떨어지려는 아이스크림 때문에 이로 씨가 놀란 거라고 박솔은 생각하는 것 같았다.

"제가 태어나기도 전에요."

"아아아, 음음, 그……랬군요. 그랬어. 태어나기도 전에."

"어머니와 아버지는 법적으로도 사실상으로도 혼인 상태가 아니었답니다. 그래서 저는 어머니의 성을 물려받은 거고요."

"호오. 아버지의 성함을…… 혹시 아나요?"

"주은후라고 들었습니다. 주, 은 자, 후 자."

주. 은. 후.

이로 씨는 흘러내리는 아이스크림을 수습하지 못했다. 박솔을 빤히 바라보았다.

"왜…… 그러시죠?"

"아, 아, 아니. 아니에요."

"어머니의 글 안에 주은후라는 분의 이야기가 나오던가요?"

"미안해요, 박솔 씨."

"무슨 말씀을요. 이렇게 만나주신 것만으로도 고맙습니다. 제가 자꾸 결례를 합니다."

통유리 벽 밖에서 선착장의 물이 너울거렸다. 이로 씨는 물 건너편 먼 언덕 꼭대기에 서 있는 누각의 실루엣을 바라보았다.

그 누각 조금 아래쪽에 Tolo가 있었다. 그곳에서 그녀는 수제 아이스크림을 펭귄이 그려진 아이스크림 종이컵에 옮겨 담거나 커피콩을 빻고 있을 터였다.

박솔과 이로 씨는 Tolo에서 만나지 않았다. 동편 언덕이 멀리 바라다보이는 도심 서쪽 카페에 앉아 있었다.

"당분간은 어머니의 글 내용을 말하지 않으려고 해요."

이로 씨가 말했다.

"네."

"지난번 통화에서도 당분간이라는 말을 했던가요?"

"하셨습니다."

"내가 이 도시에 머문다는 사실을 어머니께 당분간 말하지 말아달라고 했잖아요. 마찬가지로 나는 당분간 박솔 씨한테도 어머니의 글 내용을 말하지 않으려고 해요."

"네."

영문을 몰라 하면서도 박솔은 네, 라고 대답했다.

"박솔 씨의 착오로 응모한 거긴 했지만 어쨌든 본의 아니게 나는 어머니의 글을 읽게 되었어요. 그건 소설이 아니었고 어머니가 기록한 사실의 정리였어요. 그러니 내 멋대로 내용을 밝힐 수가 없죠. 박솔 씨에게도요."

"무슨 말씀이신지 잘 알겠습니다."

"그 원고를 내가 갖고 있다는 것도 실은 말이 안 돼요. 응모된 원고라서 읽을 수밖에 없었고 출간을 타진해 보기 위해 그랬다고 는 하지만 그걸 아직 갖고 있으면 안 되는 거지요. 그런데 갖고 있어요."

"그럴 만한 까닭이 있다는 말씀일까요, 선생님?"

"있다고 생각해요. 하지만 아직은 내가 왜 그 원고를 갖고 있어야 하는지 어머니에게도 박솔 씨에게도 말할 수 없다는 게 안타까울 뿐이에요. 하지만 당분간이라고 했어요."

"머잖아 저도 내용을 알 수 있을 거란 말씀이신가요."

"먼저 몇 개의 조건들이 충족돼야겠죠. 우선은 어머니 스스로 아드님에게든 누구에게든 공개하실 의향이 있어야 하는데, 그러려면 거기에 필요한 조건들이 있을 거예요. 그 조건들을 마련해 보려는 거예요, 내가. 그때쯤 되면 내가 어째서 원고를 갖고 있을 수밖에 없었는지, 어머니도 박솔 씨도 알게 될 거라는 말이죠."

"무슨 말씀인지, 예, 알겠습니다."

"그리고……."

이로 씨가 물었다.

"아버지의 묘지는 어디에 있는지 아나요?"

"마석에 있습니다."

"아, 그렇군요. 마석."

"그리고 저는 4월에 결혼합니다."

"오, 저런! 축하해요."

갑작스러운 소식에 놀라 이로 씨는 아, 버, 지, 라는 세 글자를 새삼 떠올렸다. 아버지. 그리고 결혼. 아버지. 결혼. 더불어 '4월'의 결혼과 '당분간'이라는 말의 관련성도 잠깐 따져보았다. 당분간의 기간이 적어도 4월 그의 결혼 이전까지여야 할 것 같은.

"나도 한 가지 고백하자면."

이로 씨가 말했다.

"어머니의 원고를 읽기 전부터 어머니를 알고 있었어요."

"정말이세요?"

"Tolo가 내 산책 코스였으니까요."

"아."

"더 큰 우연 같은 것이 있을지도 몰라요."

"네에? 아, 네."

"내가 이 도시에 머문다는 거. 아직 어머니께 말하지 않는 걸로 해줘요. 아까 그 조건이라는 게 마련될 때까지만."

"당분간 말씀이지요?"

"으음, 당분간."

이로 씨는 커피를 한 잔 더 주문했다.

"커피를 좋아하시나 봐요. 저도 좀 그렇거든요."

"그럴지도. 하지만 커피, 아이스크림, 커피니까. 어쩌면 이건 아이스크림을 더 좋아하는 구성일지도."

"그럴지도 모르겠네요."

"커피 두 번에 아이스크림이 한 번뿐이니까 커피를 더 좋아한다고 볼 수 있지만 아이스크림이 가운데 있잖아. 왠지 귀하고 좋은 게 가운데서 보호받는다는 느낌?"

"네, 선생님."

"Tolo 이후에 생겨버린 원칙이에요. 커피, 아이스크림, 커피."

말하면서 이로 씨는 또 헤어진 아내를 떠올렸다. 이 장면을 봤다면 원칙은 무슨, 지겨워. 라고 말했을.

#9

"김상헌입니다."

"주은후입니다."

둘은 악수했다.

"말씀 많이 들었습니다."

"신세를 많이 졌습니다."

그리고 둘은 잠시 침묵했다.

나도 무슨 말을 해야 할지 몰랐다. 침묵하는 세 사람 사이에 맥도날드 패티의 고소한 훈향이 떠돌 뿐이었다.

"나도 뭘 좀 먹을까 봐요."

김상헌이 주문 코너로 가며 말했다.

"우린 먹었으니 상헌 씨 맘에 드는 걸로 하세요."

주은후가 말했다.

주문 코너로 가던 김상헌이 뒤돌아보았다. 방금 주은후가 말한 '우리'를 바라보는 것 같았다.

햄버거 세트를 받아들고 셋은 매장을 나섰다. 밖으로 나가자고 쫓기듯 말한 건 김상헌이었다. 겨울치고는 따뜻한 날이었다. 학교 방향으로 긴 메타세쿼이아 길이 나 있었다. 나는 언제나 그 길을 걸어 학교에 닿곤 했다.

메타세쿼이아 길 오른쪽 바깥은 공원이었다. 볕이 따뜻했으나 사람들은 그다지 보이지 않았다. 셋은 공원 벤치에 나란히 앉았다. 결 고운 겨울 잔디가 반들반들 빛났다. 비둘기들이 날아오고 날아갔다.

벤치에 앉기 전 나는 잠깐 망설였다. 세 사람이 일렬로 나란히 앉는 것이 어색했을까. 그러나 오래 망설이지 않았다. 김상헌의 옆자리에 앉았다.

"춥더라도 여기가 낫죠."

김상헌이 말했다.

"이런 데가 낫다는 걸 그룹에서도 배웠죠."

주은후가 말했다.

그리고 그날 또 무슨 말을 했던가. 겨울 햇살이 쨍했던 날. 김상헌과 주은후가 처음 만났던 날. 셋이 나란히 앉았던 날.

"상헌 씨 덕에 희린이는 물론 많은 동지들이 그때 풀려났어요.

신세를 많이 졌습니다."

주은후가 말했고,

"희린 씨와 맞닥뜨리기 전엔 말단 경찰이었을 뿐이에요. 무엇엔가 도움이 됐다면 모두 희린 씨 덕이겠지요. 앞으로도 그럴 거구요."

김상헌이 말했다.

정중했던 대화들.

그날 나는 두 사람을 벤치에 남겨둔 채 오후 수업에 들어갈 수밖에 없었다. 급습하듯 맥도날드에 나타난 사정을 김상헌에게 묻지도 못했다. 셋은 서로에게 정중했다. 그럴 수밖에 없었겠지만 어딘가 수상했던 정중함.

학교로 향하는 발걸음이 가벼울 수 없었다. 자꾸 뒤돌아보는 나에게 두 남자는 똑같이 손을 흔들어 보였다. 그들의 손끝에서 겨울 햇살이 부서졌다.

그날 한낮의 기억은 그랬다. 그뿐이었다. 주은후와 김상헌의 첫 대면. 그것. 상징적 의미로만 남았다. 따뜻했던 맥도날드 햄버거 패티, 그들의 투명한 손끝에서 부서지던 겨울 햇살 같은 것만 강렬하게 남았다. 왠지 전후 상황, 이유, 심정 같은 나머지 것들은 이상하게도 잘 기억나지 않았다.

수업을 마치고 집에 돌아왔을 때 김상헌이 말했다.

"하필이면 그런 사람이었을까요."

"그런…… 사람이라니요?"

내가 물었다.

"주은후. 내가 좋아하는 타입이잖아요."

"그런데 어째서 하필이면이라고 말하는 거죠?"

"좀 나빠야 하잖아요. 연적은 싫게 생겨야 하니까."

"연적이라구요?"

나는 웃으려다 말았다.

"맞잖아요. 희린 씨는 내 사람인데 첫사랑이 나타난 거니까. 헤어진 적이 없는 첫사랑이."

"오빠일 뿐이에요."

"오빠 같긴 했어요. 나이는 나보다 두 살 적지만 희린 씨의 오빠여서 손위 처남 같은 오빠."

"그래요, 오빠."

"하지만 그는 아직 희린 씨에게 많이 애틋해요. 아주 많이. 보이고 느껴져요, 그게. 감출 수 없는 거니까. 다른 사람에게 그러는 거라면 막 이해하고 편들어주고 그럴 텐데, 그게 다른 사람이 아닌 희린 씨에게라서 편들 수 없잖아요. 일이 이렇게 된 걸 다 그 사람 탓으로 돌리며 미워해야 하는데 그게 안 되는 거예요. 보고, 악수하는 순간 알아버렸어요. 미워할 수 없는 사람이라고. 그래서 하필이라고 한 거예요."

군이 공원으로 나가자고 쫓기듯 서둘렀던 것도 주은후를 위한 거였는데 주은후도 김상헌의 뜻을 잘 알고 김상헌의 배려에 감사를 표했다고 했다. 진심을 진심으로 내보일 줄 아는 그런 친구가 좋다고 김상헌은 씁쓸하게 덧붙였다.

출입구가 하나뿐인 맥도날드는 쫓기는 자에겐 매우 위험한 장소였다는 것이다. 어느 방향으로든 도주가 용이한 곳—공원도 그중 하나였을 것이다—이 안전한 거라고. 추적과 체포 요령을 아는 경찰이었기 때문에 주은후의 도피를 도울 수 있는 거라고 김상헌은 말했다. 앞으로도 그랬으면 좋겠다고. 그렇게 보호해 주고 돕고 싶은 사람이라고. 주은후가. 하필.

"그런 사람이었다고요?"

내가 물었다.

"그동안은 짐작만이었는데 만나보니 짐작대로였어요."

그날 한낮에 그들이 공원에서 나누었던 대화를 나는 알 수 없었다. 그들을 벤치에 남겨두고 학교로 향했으니까.

집에 돌아와 김상헌에게 들었던 내용도 나의 정확한 기억이라고는 할 수 없다. 하지만 흐릿한 기억도 문법을 지켜 한 줄 한 줄 써내면 조금은 분명해지지 않을까 싶어 글로 정리하는 것이다. 그러니까 이것은 '사실의 정리'라기보다는 '정리된 사실'이라고 해야 옳을지도 모른다.

여기에 정리하는 내용들이 다 그런 식이긴 하다. 그때 거기서 그런 일이 있었다고 쓰기는 하지만, 실은 나중에 안 사실을 이전의 기록에 소급 적용하는 경우가 적지 않다.

기억도 마찬가지 아닐까. 이후의 기억이 이전의 기억으로 뒤바뀌기도 하니까. 그러나 기억은 기억이므로 내용의 총량은 달라지지 않는다. 나의 정리는 미스터리를 다루거나 알리바이를 소명하기 위해 시간의 선후를 따져야 하는 기록이 아니니까.

이런 말을 하는 이유는 다음의 짧은 장면 때문이다.

실제로 있었던 장면일 수도 있고 그렇지 않은 장면일 수도 있다. 상헌과 은후를 만나면서 내 안에 누적된 사실과 기억. 그것들이 만들어낸 장면일 테니까.

대단하거나 중요한 장면이랄 것도 없다. 내가 있지 않았던 시공간을 내 기억이 재구성한 경우라는 것밖에는.

내가 학교로 간 뒤 그날 겨울 공원에는 그들뿐이었다. 그런데도 나는 그곳에 줄곧 있었던 사람처럼 그들의 짧은 대화를 기억한다. 내 안의 욕망이 불러낸 속된 환상이 아닐까 조심스럽지만, 이후로도 한결같았던 김상헌과 주은후 두 사람의 관계를 떠올려보면 사실에 가까운 장면이라고 하지 않을 수 없다.

메타세쿼이아는 하늘에서 창이 내려와 수직으로 꽂힌 것처럼 곧다. 일정한 거리를 두고 도열한 병사들 같다. 지표면에 굵은 스트라이프 그림자를 떨군다. 맑은 겨울 하늘을 떠받든 나무들의 꼭대기가 아득하다.

"어떤 경우라도 희린 씨가 슬퍼서는 안 된다는 거예요."

김상헌의 목소리.

"무슨 말인지 알아요. 같은 생각이니까."

주은후의 목소리.

"어떤 경우라도요. 그거 하나예요. 그걸 위해서라면 나는 앞으로도 무슨 일이든 할 거예요."

김상헌.

"더는 힘들게 안 할 거예요. 희린이를 힘들게 하느니 차라리 나를 버릴 거예요."

주은후.

나무의 우듬지를 타고 내려온 햇살이 지면에 눈처럼 쌓인다. 두 사람의 발끝에도 환한 빛이 머문다. 둘은 나란히 앉아 같은 방향을 향하고 있다.

"행여 우리 때문에, 우리 때문에 희린 씨가 힘들고 슬퍼져서는 안 된다는 말을 하는 거예요."

김상헌이 말한다.

"물론이에요. 만일 그렇게 된다면 우리에겐 아무 자격도 없는 거예요."

주은후가 말한다.

"그래서 오늘 불쑥 주은후 씨 앞에 나타났어요. 놀랐겠지만 아무 절차 없이 나를 직접 보여 신뢰를 얻고 싶었죠. 희린 씨만큼이나 나도 은후 씨를 기다렸어요. 은후 씨한테 해롭지 않은 사람이라는 확신을 주고 싶었으니까요. 나는 은후 씨한테 해롭지 않아요. 은후 씨가 해를 입으면 희린 씨한테도 해로운 거니까요. 맞지 않나요? 이걸 잘 아는 사람이 나라는 걸 꼭 보여주고 싶었어요. 제 말의 뜻을 이해하리라 믿어요. 불쑥 나타나 희린 씨와 은후 씨를 놀라게 한 건 미안하지요."

"먼저 말해 줘서 고마워요. 똑같은 이유로 상헌 씨도 슬프거나 괴롭거나 아파서는 안 돼요. 상헌 씨가 괴로우면 희린이도 그럴 테니까요. 우리가 서로에게 힘들 빌미를 주어서는 결코 안 된다는 뜻이라는 것도 알아요."

"은후 씨를 도울 거예요."

"고마워요. 희린이를 위해서라면 우린 불행해질 자격도 없어요."

"은후 씨의 모든 걸 존중합니다."

"상헌 씨를 존중하는 게 희린이를 존중하는 거라는 걸 나도 모르지 않아요."

두 사람은 메타세쿼이아 길을 바라본다. 길은 비었으나 한낮의 겨울 햇볕으로 가득하다.

그날 밤 잠들기 전 나는 김상헌의 말을 몇 번이나 떠올리고 있었다. 주은후를 보고 인사를 나누는 순간 그를 다 알아버렸다던 말. 미워할 수 없는 거라던 말.

미워할 수 없는 것. 그것은 주은후 뿐만 아니라, 일이 이렇게 되어버린 것에 대해 자기 자신을 포함해 우리들 누구도 원망할 수 없다는 뜻이었다. 어째서 그 말을 나는 몇 번이나 떠올렸을까. 잠자리에 들기 전 김상헌이 했던 말 때문이었을까.

"7년 만에 나타나다니. 7년 만에."

상헌이 말했다. 누구에게 묻는 말이 아니었다.

"안 나타났던 게 아니라 못 나타났던 거겠죠."

그런데 나는 대답처럼 말해 버리고 말았다.

한동안 말이 없던 김상헌이 가만히 입을 열었다.

"그러네요. 안 나타난 것이 못 나타난 거고, 못 나타난 것이 안 나타난 거네요."

"나타나고 싶어도 그럴 수 없었을 테니까요. 모두를 위해 그래야 했을 거니까."

나는 어느새 주은후처럼 말하고 있었다. 모두를 위해. 그렇게 말하는 순간 주은후가 했던 말이 완전하게 이해됐다. 모두를 위해.

"그 모두에 희린 씨도 포함돼 있었다는 거 나도 알아요."

어둠 속에서 김상헌과 나는 한마디씩 느리게 주고받았다. 거기에는 무언가 모를 묘한 기류가 생겼다.

물론 그는 주은후도 나도 김상헌 자신도 원망하지 않았다. 그러나 7년이라는 세월에 대해서까지 원망의 마음을 거두려 하지는 않았다.

무얼까 그것은. 7년 세월에 대한 원망의 빛깔은 어떤 것일까. 나는 자꾸 그의 말을 떠올렸다. 김상헌의 말. 미워할 수 없는 거라던 말. 원망할 수 없는 거라던 말. 그러면서도 한숨처럼 내뱉던 7년이라는 말.

대답이 필요 없던 김상헌의 말에 나는 또 어째서 굳이 내 말을 붙였을까. 못 나타났던 거라고. 모두를 위한 거였다고. 주은후의 7년을 변호하는 것처럼 들릴 말을.

묘한 기류란 그거였다. 그날 나와 김상헌과 주은후가 만났었다는 것. 그리고 누구도 원망할 수 없었다는 것. 그런데 내가 김상헌 곁에서 왠지 주은후의 심정으로 말하고 있었다는 것.

그렇게 그날 밤은 깊어갔다. 주은후와는 잘 헤어졌느냐고 나는 김상헌에게 묻지 않았다. 진작 물었어야 했던 건지 아닌지, 그런 일에 관해서라면 나는 갑자기 알 수 없게 되어버렸고 앞으로도 영영 모를 것만 같았다.

◇

　이로 씨는 그녀의 원고를 읽다가 김재원의 영월을 떠올린 적이 있었다. 전각 작품들로 빼곡했던 김재원의 작업장.

　그의 명함에 적힌 주소지로 차를 몰았다. 함께 맛있는 커피를 마셨던 정선의 별밤 이후 두 번째 만남이었고 영월은 처음이었다.

　그곳은 생각보다 멀고, 깊었다. 높은 산봉우리들 사이로 난 좁고 깊은 계곡을 따라 한참을 달렸다. 세상을 등지는 기분이 절로 들었다.

　여긴가 싶으면 또 이어지고 저긴가 싶으면 길은 또 이어지고 말았다. 그러다 길이 시나브로 계곡을 벗어났고 차는 어느 집 마당에 주저앉듯 섰다. 굴뚝 위로 흰 연기가 오르는 너와집.

　집안을 꽉 채운 전각 작품들 때문이었을까. 겉보기와는 달리

너와집의 내부는 매우 넓었다.

"이게 다 형의 작품?"

이로 씨는 놀라 입을 다물지 못했다. 김재원 씨의 대답은 선선했다.

"그럴 리가요. 스승님의 작품들이에요."

"그, 경산 선생님."

"얼결에 이걸 다 떠안았죠."

그리고 그는 자신의 말을 수정했다.

"떠안았다는 건 말이 안 돼요. 남겨진 거죠. 나한테. 외람되게도."

"작업장까지 전부요?"

"네. 평생 선생님이 작업하고 생활하셨던 이 공간까지."

정선에서도 잠깐 들었던 얘기였다. 전각을 모르는 사람조차 이름을 대면 다 안다는 경산. 그의 유작을 받았다는 말을 들었지만 그토록 많은 작품에다 작업장까지 통째로 물려받았을 줄은 몰랐다.

"경산 선생님은 형을 당신 자신으로 여기신 거네요. 단번에 그런 느낌이 들어요."

"오갈 데 없던 나는 그저 선생님한테 전적으로 의존했던 거뿐이에요. 이걸 다 맡기시겠다고 했을 때 겁이 나서 도망치려고 했어요."

감당해 낼 수 있을지 무서웠다고 했다. 스승의 작품을 유지하고 관리하는 데서 끝날 일이 아니었기 때문에.

이어받을 것은 스승의 작품만이 아니었다. 기술과 정신은 물론 전각예술의 미래까지. 그럴 만한 솜씨도 자세도 안 된다고 여긴 김재원은 도망치려고 했다. 그러나 스승의 한마디가 그를 주저앉혔다.

— 어딜 더 도망칠 데가 있다고?

스승은 그를 쏘아보았다. 스승의 눈빛은 김재원이 이미 자신의 삶에서 도망쳐버린 사람이라는 사실을 일깨웠다. 일깨웠다고 했다. 그는 말했다.

"스승님의 그 말씀을 듣는데 나도 모르게 정구라는 사람이 떠오른 거예요. 어린 딸과 함께 우리 동네로 흘러든 남자였죠. 내가 그 동네를 떠날 때까지 부녀는 이웃에 살았어요. 서대문구 충현동이에요."

김재원은 그 어린 딸이 중학생이 되는 것까지 보고 충현동을 떠났다고 했다. 딸은 말이 없고 사람을 극구 피했는데 정구라는 사람은 큰 죄를 진 것처럼 딸에게 헌신적이었다.

유난했던 건 아니었고, 언제나 딸애를 바라보는 게 다였다. 언제나 말없이, 수심 가득한 눈으로 딸애를 바라보는 것. 그게 모든 일에 우선이었다.

아이는 가끔씩 아버지에게 소리를 지르고 행패를 부렸지만 정구라는 사람은 묵묵히 그 모든 것을 받아냈다. 왜 그럴까. 무슨 일이 있었을까. 아이의 엄마는 어떻게 된 걸까. 모두 궁금해했지만 아무도 몰랐다.

그냥 한 사람의 남자가 딸애를 위해 자신의 존재 전부를 건 것처럼 보일 뿐이었다.

사람들은 이유를 묻지 않았지만 물어도 대답할 것 같지 않았다. 정구라는 사람 자신도 그걸 모르는 것 같았으니까. 이유야 있었겠지만 소용없어진 이유. 딸아이를 위해 존재하는 것 말고는 아무것도 더는 필요 없어진 삶.

그는 있는 대로 있는 창문이나 거울, 빛바랜 깃발이나 종이 허수아비 같은 사물이었다. 그 무엇도 간직하지 않아 아무런 물결도 일지 않는 내면. 텅 빈 그는 눈길도 손길도 걸음걸이도 텅 비어 보였다. 텅 비어 보였다고 김재원은 말했다.

"그 정구라는 사람이 떠올랐어요. 그리고 감당한다는 게 뭔지를 생각하게 되었죠."

"감당한다는 거……."

이로 씨가 할 일이라고는 고개를 끄덕이는 것뿐이었다.

"무얼 감당하든, 감당한다는 그 말을 생각하고 생각했어요. 그러다가 결국에는 그 생각도 하지 않게 되었고요. 감당할 수 있다거나 없다거나 그걸 따지는 내가 알량해 보였죠. 알량했지만 실은 거만한 거라는 생각도 들었어요. 내가 뭔데 하니 마니 겁나느니 도망치느니 했을까. 내 속에는 여전히 나라는 속물이 웅크리고 앉아 요망을 떨고 있었던 거죠."

받아들일 수밖에 없었노라고 했다. 스승의 분부를 더는 미룰 수 없었다고. 선택과 결정에 자신을 개입시키는 건 오만 같았다며.

"무조건 받기로 했죠."

그가 말했다.

"맘이 편해졌을 것 같은데요."

이로 씨가 말했다.

"편해졌다면 그건 체념해서가 아니라 나를 내 속에서 없앴기 때문이었겠지요. 체념이기도 했겠네요. 내가 나를 체념한 거니까."

"비우는 거네요."

"그때 알았죠. 선택과 결정은 저 작품들의 몫이었던 거라는 거. 내가 아니라. 나는 작품들한테 불려 나온 거였어요. 스승님도 스승님 스승의 작품들로부터 선택당한 삶을 사셨다는 걸 돌아가신 뒤에 깨달았고요."

사물의 의지가 대를 이어 인간을 숙주로 만들어버린다는 식으로 이로 씨에겐 들렸다. 이로 씨는 김재원의 옆모습을 물끄러미 바라보았다.

정선에서 선배 원로 작가의 작품을 말할 때도 김재원은 자신에게 닥치는 모든 갈등과 번민을 삶의 자양으로 삼으려는 뜻을 내비쳤었다. 스승의 전각 작품을 물려받게 되었다는 영월의 이야기도 크게 다르지 않은 얘기였다.

그런데 Tolo의 그녀 원고를 읽다가 이로 씨는 어째서 김재원의 영월을 떠올렸던가.

아무래도 자기 자신보다 스승의 전각 작품을 우선하는 김재원의 말과 태도 때문이었을 것이다. 그녀의 원고에 등장하는 김상헌과 주은후도 박희린에 대해 그러하지 않았던가.

박희린을 슬프게 해서는 안 된다고 말하는 상헌과 은후. 자신들의 불행이 희린의 불행으로 이어지므로 불행할 자격조차 없다고 말하는 두 남자. 희린을 위해 상대를 존중하겠다고 고백하는 장면.

김재원과 김상헌과 주은후 세 남자를 떠올리다가 자신은 소설을 위해 그리해야 하는 것이 아닐까 이로 씨는 잠깐 생각했다. 그러다 아니, 아니! 어울리지 않게 함부로 고상한 생각에 빠지다니! 세차게 도리질을 하고 이로 씨는 부랴부랴 딴 생각을 하기 시작했다. 딴 생각. 김재원은 어째서 오갈 데가 없어졌던 걸까.

그의 스승은 왜 그에게 더이상 도망칠 데가 없다고 했던 걸까. 더는 도망칠 수 없을 만큼의 도망은 어떤 도망일까. 그리고 김재원은 왜 스스로를 자신의 삶에서 도망쳐버린 사람이라고 했을까. 어디서, 무엇에서 도망쳤던 걸까, 그는.

무슨 곡절이 있었던 걸까. 정구라는 사내가 자신이 그리된 이유를 몰랐듯 김재원도 오갈 데 없어진 까닭을 모르게 된 걸까. 아니면 역시 정구라는 사내의 경우처럼 그의 것도 이미 소용없어진 이유거나 곡절인 걸까.

146

김재원. 그가 솔로라는 사실이 이로 씨는 새삼스러웠다. 누군가와 헤어진 게 아닐까. 영월에 흘러든 이유가 그것 아닐까. 사랑 그리고 이별.

이로 씨는 혼자 중얼거리다가 나는 아내를 사랑했을까, 자신에게 물었다. 그리고 아아아아아아, 더는 생각을 진척시키지 말 것! 여기서 딱 그칠 것! 하고 소리 질렀다.

주은후와 김상헌의 겨울 공원 대화를 읽으면서 영월의 김재원을 떠올렸던 것은 은후와 상헌처럼 나도 김재원과 훈훈해지고 싶다는 바람 때문이었을까.

10년 넘게 그와는 잘 지내오고 있었다. 김재원. 사는 데가 멀어 자주 만나지 못했지만 마음까지 멀거나 뜸하진 않았다. 둘 다 혼자인 남자고 방구석에 틀어박혀야 하는 직업도 같았다. 그런저런 것이 두 사람의 사이를 여일하게 묶어주었다.

두 사람이 조금은 더 애틋해질 수 있었던 요인을 꼽자면 아무래도 형이라는 호칭을 빼놓을 수 없을 것이다. 서로가 서로에게 형이라고 부르는 드문 경우. 그것이 만들어내는 묘한 기운은 정말이지 이로 씨가 말하는 '막 생겨난 그러한 나라의 유이한 주민'처럼 그들을 만들어버렸으니까.

그래서 오늘도 형이라고 부르며 이로 씨는 영월의 그에게 편지를 쓰는 것이다.

형에게

오늘도 형에게 이렇게 편지를 쓰면서 부치지는 못하고 있네요.

이곳에는 꽤 유명한 우체국이 있어요. 유치환이 이영도에게 수백 통의 사연을 보냈다는 곳이요. 그 둘이 어떤 사이였는지는 형도 잘 알겠죠.

빨간 우체통 옆 화강암에 청마의 시가 새겨져 있어요.

'오늘도 나는 에메랄드빛 하늘이 환히 내다뵈는 우체국 창문 앞에 와서 너에게 편지를 쓴다'.

우리 나이라면 모를 사람이 없는 시행이죠. 형에게 쓰는 편지가 이렇게 한 장 한 장 쌓이기만 하고 부치지 못하고 있지만 벚꽃이 피면 다 보낼게요. 에메랄드빛 하늘이 환히 내다뵈는 우체국에서요. 이곳 벚꽃이 참 좋다네요.

148

이래저래 편지와 인연이 깊은 도시죠. Tolo의 그녀는 제자들에게 편지를 쓰고 편지를 받아요. 시장 사람들에게도 엽서를 보내지요. 그리고 나는 형한테 긴 편지를 쓰게 되었고요.

오늘도 편지 얘기예요.

그녀가 오늘 나에게 읽어준 제자의 편지는 콧볼 얘기였어요. 콧볼이란 코의 끝부분에 양쪽으로 불쑥 내민 부분이라고 그녀가 짧게 설명한 다음 제자의 편지를 천천히 읽었죠.

— 선생님, 저도 그게 될 줄은 정말 몰랐어요. 콧볼을 맘먹은 대로 부풀리는 거요. 그러니까 콧구멍 벌름벌름거리는 거. 그런 건 표정 훈련을 오래 한 유명 배우나 할 줄 아는 거라고 생각했었거든요. 줄리아 로버츠나 염정아 같은 배우요. 그런데 선생님, 글쎄 저도 되는 거 있죠.

낮고 허스키한 그녀의 벌름벌름 음색이 참으로 기이했어요. 셔벗처럼 서늘한 그녀의 아이스크림과 구수하고 쌉쌀한 그녀의 커피 맛 같았죠. 음색이요. 벌름벌름. 그녀는 계속 읽었어요. 그 목소리로.

— 친구들이 혜리야, 너도 해봐. 어서 해봐! 하는 거예요. 그래서 해봤더니 정말 되는 거 있죠. 물론 잘 되지는 않았어요. 선생

님. 그게 잘 되는 친구는 벌름벌름이 굉장히 빠르더라고요. 징그럽도록. 그런데 저는 한 번 벌름거리는 데도 힘이 들었어요. 친구들이 깔깔거리며 저 봐라, 혜리도 된다, 벌름벌름, 근데 되게 웃긴다, 너무 느려서 더 웃겨, 라면서 배꼽을 잡았죠. 혹시 선생님도 벌름벌름, 그게 되시나요?

편지를 읽다 말고 그녀는 나를 묘한 눈길로 바라보았어요. 있잖아요, 그 자기장 눈빛. 나보고도 그게 되느냐고 묻는 것 같았죠.

당연히 되죠. 그게 안 되는 사람도 있나? 속으로 중얼거리면서 나는 그녀의 시선을 피했어요. 거북선이 떠 있었다던 저 아래 강구 안 쪽으로요. 그러면서 슬쩍 내 콧볼을 엄지와 검지로 감싸 쥐었죠. 힘을 주었죠. 역시 잘 되는 거예요, 나는. 형도 잘 되지 않을까.

혹시 그녀도 벌름거리고 있는 거 아닐까 나는 잽싸게 고개를 돌려 그녀를 바라보았어요. 허! 그녀의 콧볼은 너무도 잔잔하고 온유한 거예요. 으으으, 뭔가 당했다는 느낌이 들었죠.

"혜리라는 이 제자의 이름. 제가 지어준 거예요."

그녀가 말했는데 내 기분이 별로여서였는지 그녀의 말이 이치에 닿지 않는다고만 생각했어요. 자식도 조카도 아닌, 제자의 이름을 짓는다? 가명?

그녀가 말했어요.

"혜리. 그 이름이 어떻겠냐고 편지를 보냈는데, 정말로 그 뒤로는 혜리라는 이름으로 편지를 보내오더라고요."

중간에 이름을 바꾸어주었다는 얘기니까 말이 안 되는 건 아니잖아요. 개명이요. 그런데 편지로 이름을 지어주다니.

"편지로요?"

내가 물었죠.

"그랬겠죠? 저는 모든 걸 편지로 하니까."

그녀가 말했어요.

"음, 그러네요."

"편지로든 뭐로든 받는 사람이 어떻게 받아들이느냐가 문제였겠죠. 혜리는 그걸 썩 받아들인 거고요."

"아, 음. 예."

"제가 말을 제대로 하질 않았네요. 실은 제가 이름을 지어준 게 아니라……."

"아니라고요?"

"아니에요. 지은 게 아니라 바꾼 거죠."

"그게 그거 아닌가요?"

"제자의 이름을 제자의 딸 이름으로 바꾼 거예요."

"딸 이름으로요?"

"맞아요."

"그럼 제자분의 딸은요?"

"죽었어요. 3년 전에."

"허억!"

"엄마로서 매우 힘들어하고, 몇 번이나 자신을 죽이려고 했죠. 살릴 방법이 없을까 저는 고민했어요. 이름을 딸의 이름으로 바꾸고 살라고 긴 편지를 썼죠. 살라고. 그렇게 딸의 삶을 살아버리라고. 지금까지 제가 쓴 편지 중 가장 길었죠. 말도 안 된다고 난리를 치더니 2년 전부터 혜리라는 딸 이름으로 개명을 하고 편지도 혜리 이름으로 와요. 법원의 허가도 받았대요. 편지를 받을 때마다 한시름 놓게 되죠. 들으셨다시피 애가 편지를 이렇게 명랑하게 쓰잖아요."

"제자에게 굉장한 편지를 쓰셨네요."

"실은 전에도 누군가의 이름을 바꾸어준 적이 있어서요."

희미하게 웃는 그녀 앞에다 나는 땅콩모나카를 내놓았죠. 갑자기 땅콩모나카가 웬 거냐고요?

지금부터는 그 얘기를 좀 할게요. 땅콩모나카.

오늘 Tolo에 들르기 전에 뱀을 만났어요. 방문판매원 여자요. 빨간 옷에 빨간 립스틱. 뱀이라는 별명이 좀 그렇긴 하지만 그녀를 뭐라 따로 부를 이름이 없네요. 어쩌면 그 별명이 그녀에게 딱 맞는 것 같기도 하고요.

닷새 전인가 그녀가 내게 다가왔어요. 바다를 바라보며 혼자 볼락구이를 먹고 있을 때였죠. 겉을 거의 새카맣게 태우지만 겉이 검어서 외려 속살이 더 하얀 이곳의 볼락구이를 나는 좋아해요.

152

프라이팬 그런 데다가 대충 튀긴 볼락이 아니라 직접 불에 구운 볼락은 아무렇게나 접시에 담아도 후기 인상파의 정물 같아요. 정물로서의 분위기가 아주 물씬 풍기죠.

그것을 잘 삭힌 멸치속젓에 살짝 찍어 먹으면 정신없게 맛있어요. 그래서 혼자 쓸쓸히 먹고 있다는 자각 따위 없어지죠. 폭 빠져버리니까. 어쩌다 고개를 들면 눈앞에 바다가 확 들어오는데 그제야 아, 이런, 이런! 눈앞에 바다가 있었지! 하고 뒤늦게 놀라게 돼요. 그날도 그런 볼락구이를 먹던 참이었단 말이죠.

"실례합니다. 실례합니다. 실례해요."

그녀가 똑같은 말을 세 번이나 연발하며 내 앞에 턱 앉는 거예요. 터억. 바다의 시야를 가리며. 아, 이 여자는 정말로 실례를 하는구나 싶었죠. 건어물점에서 다툼이 일어났던 것도 그 때문이었는데.

밸이 없는 건지 염치가 없는 건지 그녀는 다짜고짜 내 앞에 두툼한 카탈로그를 내놓았어요. 그리고 말했죠.

"필요한 건 무엇이든 있어요. 없으면 만들어서라도 갖다 드려요. 한번 보시면 아참, 이런 게 꼭 필요했었지, 하고 구석기 시대의 기억까지 떠올리실 거예요."

아참은커녕 나는 헛참, 하고 못마땅한 탄사를 뱉었죠.

펼친 카탈로그를 보니 정말 놀랍긴 놀랍더라고요. 목걸이, 발찌, 헤어 액세서리, 물티슈, 기저귀, 임부복, 행거, 리빙박스, 다리

미판, 태블릿, 외장하드, 물걸레 청소기…….

없는 게 없었어요. 캐노피 천막, 접이식 테이블, 국내 땡처리 항공권, 가족 뮤지컬 티켓까지. 옛날로 치면 방물장수나 초대형 잡화상이고 지금으로 말하면 인터넷 몰과 같은 판매였는데 한 사람이 이토록 많은 것을 어떻게 취급할까 무척 궁금해졌어요. 사고 싶은 마음은 없었는데 궁금해진 거죠.

그런데 그녀가 취급한다는 물품 중에는 믿을 수 없는 것도 있었어요. 총이요. 권총도 있었던 거예요.

"이것도 파는 건가요?"

놀라 물었죠.

"물론이죠. 발터 PPK인데요, 10·26 아시죠? 박정희 시해. 그때 쓰인 기종이에요."

"허어. 이것도요?"

"그건 FN M1900이고요. 그것도 10·26 때 쓰인 거예요."

"그때 두 종류가 쓰였단 겁니까?"

"하나는 1979년이고요, 하나는 1909년이에요. 70년 차이가 나지만 하여튼 둘 다 10월 26일."

"1909년이라면?"

"안중근 열사가 이토 히로부미를. 빵. 빵빵."

"아, 아아."

괴상한 여인이다 싶었죠.

"실탄도 있나요? 쏘면 총알이 나가서 사람이 죽나요?"

"안 그러면 총이 아니죠."

나는 왠지 그녀에게 말려드는 것 같았어요. 기분이 안 좋았던 것은 그녀 때문에 볼락구이 맛을 잠깐 잊었다는 거고요. 그래서 내가 물었죠.

"저어기, 땅콩모나카도 있나요?"

장난삼아 시험해 보고 싶었던 건지도 몰라요, 벨을.

"다 있다니까요?"

벨은 당당했죠.

"카탈로그엔 없는 것 같은데요."

"없어도 주문이 가능해요. 하늘에서 별을 따다 드릴 수도 있어요."

"아무 땅콩모나카가 아니라, 명랑약처럼 흰 빛깔에 속은 봄밤처럼 짙은 팥소여야 해요."

이렇게 말해 버렸는데 벨이 답하더군요.

"네. 명랑처럼 흰 빛깔에 속은 봄밤처럼 짙은 팥소."

"명랑을 알아요?"

"60년대 삼남제약 진통해열제잖아요. 눈부신 백색 가루. 고객의 나이를 보면 무얼 말하는지 딱 알 수 있어요."

"헤엑."

왠지 내가 진다는 기분이 마구 들었어요. 그녀가 기세를 몰아 말했죠.

"하늘에서 별도 따다 드릴까요?"

그러라고 했죠. 어차피 지는 마당이니까. 저봤자 땅콩모나카니까. 땅콩모나카가 오면 홀딱 먹어버리면 그만이고. 당장은 볼락구이를 마저 먹어야겠다는 생각이 앞섰어요.

그랬던 건데 정말 오늘 그걸 가지고 나타났더라고요.

땅콩모나카.

초등학생 때 학교 앞 가게에서 사먹던 영락없는 그 모나카 말예요. 그리고 밸은 하늘에서 따온 별도 내놓았죠. 오란씨. 그게 뭔지, 어째서 그게 하늘에서 따온 별인지는 형도 잘 알겠지요. 오란씨 시엠송.

그리고 놀라운 게 하나 더 있었어요. 주문 물품은 아니었고요, 밸의 커다란 핸드백 안에서 슬쩍 비친 건데요, 엽서였어요. Tolo의 그녀가 보낸 게 분명한 엽서요. 살짝 그림이 곁들여진 관제엽서.

밸과 건어물상점 주인과의 마찰을 언젠가 Tolo의 그녀에게 얘기한 적이 있었죠, 내가요. 건어물상점 주인에게 엽서를 보낼 동기가 되지 않을까 그녀에게 말해 주었던 건데 그녀는 건어물상점이 아닌 밸에게 엽서를 보낸 거더라고요.

왜 그랬을까 무턱대고 물을 수는 없는 거니까 그냥 땅콩모나카만 갖다가 Tolo의 그녀에게 슬그머니 내놓았죠.

그랬더니 그녀가 고개를 끄덕이며 말했어요.

"방판이군요."

"네?"

"방판이요. 방문판매."

"하, 아, 예."

얼결에 내가 밸이라고 부르는 그녀를 이곳에서는 방판이라고 하나 봐요. 아니면 Tolo의 그녀 혼자만 밸을 방판이라고 하는 거든가.

"이런 거 구해다 줄 사람은 방판뿐일 테지요."

"그렇습니까?"

어쩌면 사람마다 다 다르게 그녀를 부를지도 모르죠. 밸, 방판, 아니면 빨간 코트, 붉은 입술……. 그런데 Tolo의 그녀는 밸에게 보내는 엽서 수신자란에 무어라고 썼을까요. 방판이라고 썼을까요, 아니면…….

"세상에. 생긴 게 어쩌면 이리도 감쪽같을까요!"

Tolo의 그녀는 나처럼 땅콩모나카를 굉장히 좋아했어요. 잘 먹더라고요. 또래라는 건 어쩔 수 없는 건가 봐요.

밸이 구해다 준 땅콩모나카는 맛도 감쪽같았어요.

#10

"감쪽같이 죽여버리는 거지."

주은후가 말했다.

감쪽같이라는 말에 놀라 나는 아무 말도 하지 못했다. 하나의 부사가 그토록 확연해지기는 처음이었다. 오로지 그러한 경우에만 쓰이라고 탄생한 말 같았다.

감쪽같이.

둔탁한 전율이 나를 흔들었다.

세상은 벚꽃 천지였다. 바람의 비늘 같은 벚꽃 잎이 오후 햇살 속에서 나부꼈다.

주은후를 7년 만에 다시 만난 게 지난 늦가을이었다. 겨울을 지나 봄이 되도록 나는 어렵사리 그를 만날 수 있었다. 김상헌의 도움이 아니라면 힘들었을 것이다. 주은후를 만나도 김상헌은 싫은 내색을 하지 않았을 뿐더러 안전한 날짜와 장소까지 귀띔해 주었다.

김상헌은 경찰의 적이었다. 그러나 모든 경찰이 그랬던 건 아니었다. 나에게 말하지는 않았으나 김상헌은 경찰 조직 내의 누군가를 알고 있는 듯했다. 그 누군가는 국가라면 모를까 적어도 정권을 위해 봉사하는 사람 같지는 않았다.

다음 주까지는 만나면 안 돼요.

사람 많은 명동 한복판 야외 테이블 같은 데가 좋아요.

오늘은 오히려 국회의사당 근처라든가.

라고 김상헌은 말했다.

그의 안전이 희린 씨의 안전이니까요.

라는 말도 덧붙였다. 그란 물론 주은후였다. 나는 김상헌의 말을 따랐다.

그날 오후 주은후와 여의도 벚나무 아래에 앉았던 것도 경치 때문이 아니라 안전 때문이었다. 김상헌은 내가 언제 어디서 누구를 언제까지 만나는지 잘 알았다.

"그 사람은 그럼 누구였을까?"

그날 나는 주은후에게 물었다. 여간해서는 다시 꺼내고 싶지 않았던 말이었다. 벚꽃 잎이 바람을 타고 한강 하류 쪽으로 날아갔다.

"그 사람이 누구인지 아무도 알 수 없었겠지. 경찰이 정말 몹쓸 짓을 한 거지."

주은후가 말했다.

"사체 유기, 신원 위조, 위장, 조작, 허위 사실 공표, 사자 명예 훼손?"

"죄명을 열거하자면 한이 없어. 죄명에 관계없이 그자들은 가장 나쁜 짓을 한 거야."

주은후는 5년 전 저수지에 빠져 죽었다. 그 말을 하는 거였다.

그러나 주은후는 죽지 않았다. 저수지에 빠져 죽은 사람이 주은후로 거짓 보고되었을 뿐이다.

저수지에 빠진 그 사람은 그럼 누구였을까. 내가 궁금했던 건 그거였는데 어쩌면 경찰도 몰랐을 것이다. 알려고 하지 않았을 것이다. 엉뚱한 주검을 주은후로 보고한 것은 경찰의 고의였으니까. 저수지에 빠져 죽었다는 사람은 정말 저수지에 빠졌던 걸까.

그즈음 가장 큰 범죄들은 경찰이 저질렀다. 마침내는 학생의 머리를 욕조 물속에 처넣어 죽이고 최루탄을 머리에 쏘아 죽이는 사태로까지 이어졌다.

주은후 전담팀은 상부로부터 엄청난 압박에 시달렸다. 그즈음 주은후와 그의 구성원들은 80년 광주의 알려지지 않은 잔혹 사례와 구체적인 증거 자료들을 광범위하게 수집하여 대학가와 해외 언론에 배포했다. VIP의 격노가 검거팀을 압박했다.

옷 벗을 각오를 하고 전담팀은 신원 불명의 남성 사체를 저수지에 빠져 죽은 주은후라고 거짓 보고했다.

"허위 보고였다는 게 드러나면 어쩌려고 그랬을까."

"당장 눈앞의 불을 꺼야 하니까. 안 되면 되게 하라는 최면 속에 살아온 자들이니까. 그렇게 나를 죽여서 일단 상부를 달래놓고 보자는 거였겠지."

"그리고 미친 듯이 오빠를 추적한다?"

"안 봐도 뻔하지."

"그러다 정말 오빠가 잡히기라도 하면? 거짓 보고가 탄로나는 거잖아?"

"그러니까 내가 잡히면……."

"잡히면?"

"감쪽같이 죽여버리는 거지."

나는 발아래 점점이 떨어져 내린 벚꽃 잎들을 바라보았다. 아주 간신히 간신히 붉은 빛을 띤 흰 벚꽃의 신묘한 아름다움과는 결코 어울리지 않는 말을 나누고 있구나, 지금 그러고 있구나, 라고 나는 생각했다. 한때 몹시 사랑했고 오랜 세월 애타게 기다리다 만난 사람과의 대화가 참으로 참담하구나.

감쪽같이라는 말 뒤에 남는 차갑고 깨끗하고 가차 없는 느낌. 잘 벼려진 긴 칼의 푸르고 시린 날을 두려운 혀로 슬쩍 핥는다면 그런 느낌일까. 감쪽같이라는 말.

"죽지 않고 살아 있다는 증거를 오빠 스스로 내보일 수도 있었잖아요. 저들을 파탄으로 몰아넣을 수도 있었을 텐데."

"냉정해야지. 우리의 생존도 중요하니까. 저들의 거짓을 고발해 봤자 감식반 한두 사람의 실수로 꾸며버리고 말 뿐 끄떡도 안 할 거고. 그럴 바에야 저들의 약점을 우리의 생존에 역으로 이용할 필요가 있는 거지. 그리고 살아 있다는 증거를 내보일수록 나는 확실히 더 위험해지기도 하니까. 죽었다고 거짓 보고한 걸 굳이 물고 늘어지지 않을 테니 피차 좀 느슨하게, 라는 적과의 묵계가 생기기도 하는 거고. 어쨌든 나는 아직 이렇게 살아 있고 잡히지 않았고 늦었지만 너를 볼 수 있게도 된 거니까."

"거짓 보고에 대해 오빠 그룹에서는 대응하지 않기로 한 거예요?"

"언제까지고 묻어두지는 않지. 우선순위를 둔 것뿐이니까."

그가 죽었다는 걸 나는 어떻게 알았던가. 누구도 그가 죽었다는 소식을 나에게 알리지 않았다. 신문의 1단 기사로 접했을 뿐이었다.

'지난 27일, 시흥군 소재의 한 저수지에서 주은후(남, 29) 씨로 추정되는 시신이 발견되었다. 82년 소위 피의 111사건 당시 시위의 배후였으며 현 학생운동 지하 세력인 민혁투의 주요 배후 인물로 지목되고 있는 그는 2년 전부터 경찰의 수배를 받아왔다. 사망 시간의 오랜 경과로 시신의 부패 정도가 심하여 다각도의 확인 절차를 거쳐 사망자의 신원을 조속히 파악하겠다고 경찰의

한 관계자가 오늘 밝혔다.'

그 뒤로 그의 소식은 인편으로도 지면으로도 전해지지 않았다. 매일매일 나는 신문의 모든 면을 훑듯이 읽었고 석 달이 지난 뒤에야 후속 보도를 접했다.

첫 보도의 짧은 기사는 세인의 관심을 불러일으키지 못했다. 석 달이 지난 뒤의 보도는 말할 것도 없었다. 그의 죽음은 그렇게 잊히고 묻혔다. 두 번째 보도는 더 짧았다.

'지난 9월 27일 시흥군 소재의 한 저수지에서 발견되었던 신원 불상의 시신이 당초 추정대로 주은후(남, 29. 민혁투 배후) 씨라고 경찰은 밝혔다. 따라서 시신은 무연고 사망자 처리 절차에 따라 화장 및 납골 후 사체 처리 결과를 군보와 지역 신문 등에 게재한다고 덧붙였다.'

군청을 찾아가고 주은후의 납골 여부를 확인했던 것은 나였지만 곁에는 늘 김상헌이 있어주었다. 김상헌 없이는 아무것도 할 수 없었다.

그는 자신의 이름이 노출되는 것을 극구 꺼렸기 때문에 앞에 나서지 않고 나의 옆이나 뒤에 있었다. 그의 이름을 아는 사람이 많을 수밖에 없었으나 정의로운 이름으로 기억하는 사람은 의외로 적었다. 김상헌이다, 김상헌! 등 뒤에서 손가락질하며 그의 이름을 함부로 부르기도 했다.

해야 할 일이 있을 때마다 나는 김상헌에게 말했고 그는 나에게 방법을 알려주었다. 그러면 나는 움직였다. 그는 내 곁에 언제나 함께 있어주었다.

12월의 메마른 언덕도 김상헌과 함께 바라보았다. 납골 항아리쯤 기대하고 갔던 나에게 담당자는 창밖의 휑한 겨울 언덕을 손끝으로 가리켰다.

거기에는 몇 그루의 소나무와 쓰러진 억새와 잔설의 흔적이 남아 있었다. 물끄러미 그곳을 바라보는 나와 김상헌의 등 뒤에서 담당자가 "산골 처리했습니다"라고 말했다.

주은후의 마지막 모습은 그렇게 겨울 언덕으로 남았다. 뜻하지 않게 한 폭의 황량한 겨울 경치와 마주친 나와 김상헌은 망연할 수밖에 없었다. 산골 처리했다고 말하는 담당자는 폐관 시간을 알리는 미술관 직원처럼 무심했다.

그런 겨울 언덕이었던 주은후가 살아나 내 옆에 와 있었다. 누구도 나에게 그가 죽었다는 소식을 전하지 않았듯 아무도 나에게 그가 죽지 않았다는 소식을 전하지 않았었는데. 그랬었는데 벚꽃 날리는 계절, 파릇한 풀포기에 그와 내가 나란히 앉아 있는 거였다.

김상헌은 주은후의 안전을 위해 "오히려 국회의사당 근처라든가"라고 말했던 것뿐이었으나 그곳은 주은후에게도 나에게도 안전 이상의 장소였다. 겨울 억새가 쓸쓸했던 잔설의 휑한 겨울 언덕에서 벚꽃이 바람을 타고 강물처럼 흐르는 따뜻한 봄의 들판으로 점프한 거였으니까. 죽음에서 삶으로.

"오늘 보자고 한 것은."

주은후가 말했다. 오후의 해가 조금 더 기울었다.

나는 그의 말을 기다리며 천천히 숨을 들이켰다.

"물론 널 다시 만난 뒤로 늘 그랬던 거긴 하지만."

그는 먼 강물빛을 바라보았다. 나는 그의 말을 기다렸다.

"네가 보고팠던 이유밖엔…… 없어."

나는 놀라지 않았다.

죽은 사람이 살아 돌아온 마당에 무엇이 더 놀라울까. 그리고 나는 처음부터 알고 있었다. 만나고 싶어서 만나는 거라는 걸. 그뿐이라는 걸.

놀라운 게 아주 없었던 것은 아니었다. 만나고 싶어서 만나는데 만나진다는 것이었다.

7년 동안 만날 수 없었다. 엄혹한 시절이었으니까. 만나고 싶어도 못 만났다. 곧 대통령이 바뀔 것이다. 시민들이 쟁취한 직선제로. 그래서 세상이 좀 여유롭고 살 만해진 걸까. 여전히 살얼음판을 걷는 느낌이기는 하지만 해마다 공안 당국에 의해 수배가 연장되는 주은후를 만날 수 있으니까. 만나고 싶으면 만나지니까.

또 하나의 놀라움은 김상헌.

나는 그와 함께 사는 사람이었으므로 주은후와의 만남에는 이유 같은 게 필요했다. 보고 싶어서 본다는 것 말고. 하지만 김상

헌에게 매번 그럴듯한 이유를 내세울 수 없었다. 뻔한 거짓 같기
도 했으니까.

그런데도 주은후가 만나고 싶어 하면 만나졌다. 김상헌도 알고
있을 텐데. 보고 싶어서 보는 거라는 걸. 그런데도 만나지다니. 그
게 놀라운 거였다.

"그리고 오늘은."

주은후가 말했다.

그 말에 나는 조금 긴장했다. 긴장한 이유를 곧 알았다. 하염없
이 날리는 벚꽃 때문이었을까, 나도 모르게 예상했던 말이 그의
입에서 나왔으니까.

"나랑 있어줘."

다른 풍경이지만 어딘가 익숙한

◇

이로 씨의 오늘 저녁 풍경은 좀 색달랐다.

혼자 시장통을 걷거나 선착장 주변을 배회하다 문득문득 공연히 멈춰 서서 호오, 어라? 음, 저것은! 허어, 하고 탄사를 뱉는 것이 대체적인 이로 씨의 풍경이었다.

식당이거나 카페거나 물가의 녹슨 벤치에 앉아 있을 때도 그는 언제나 혼자였다. 여행객들로 붐비는 주말에도 이로 씨가 속한 풍경만은 그래서 어딘가 고즈넉하면서 쓸쓸했다. 가늘고 긴 그의 체형 때문에 더 그랬다. 어쨌거나 그가 원하는 풍경이기도 했다.

그런데 오늘 저녁 그는 손님들로 북적거리는 커다란 식당 한복판에 앉아 있었다. 목소리도 컸고. 무엇보다 그는 혼자가 아니었다. 벚꽃만큼이나 화사한 밝은 니트의 여성과 함께였다. 좀처럼 볼 수 없던 풍경이었다.

여성이 그에게 물었다.

"당신 이 식당 엄청 오나 보네."

이로 씨가 말했다.

"그렇진 않아. 당신이 이 도시에 왔기 때문이지."

그들은 서로를 당신이라고 불렀다. 여성은 굉장하다고 할 만큼 미인이었다.

"내가 이 도시에 온 것과 이 식당이 무슨 상관?"

여성이 물었고,

"당신 도다리쑥국 먹으러 내려온 거잖아. 도다리쑥국 철이 슬슬 시작됐으니까."

이로 씨가 말했다.

"내가?"

"응. 도다리쑥국이라면 이 집이 최고거든."

"내가 도다리쑥국은 무슨."

"당신 좋아했잖아."

"형편없는 기억력이나 자기 짐작으로만 사는 거나 참 여전하시군. 지겨워."

"아닌가?"

"자기가 먹고 싶어서 온 거면서 남 핑계 대기는. 그것도 변한 게 없어."

"어쨌든 이 집 도다리쑥국은 누가 먹어도 후회할 리 없으니 잘 온 거야. 그리고 저길 좀 봐."

이로 씨가 어딘가를 가리켰다. 사십 대 중반의 남자 종업원이 양은 주전자에다 막걸리를 붓고 있었다.

"어디?"

"저기. 막걸리통의 막걸리를 주전자에 부어주잖아. 잘 보라고. 신기해."

여성이 고개를 돌려 이로 씨가 가리킨 쪽을 바라보았다.

테이블에서 막걸리를 주문하면 남자 종업원은 막걸리통과 양은 주전자를 들고 테이블로 향했다. 남자 종업원은 이로 씨만큼이나 가늘었다. 길지는 않았고.

남자 종업원은 찢어진 청바지에 흰색 면티 차림이었는데 티셔츠 앞면에 WILD WEST 1953이라고 인쇄되어 있었다. 머리통에 착 달라붙는 새카맣고 반질반질한 곱슬에다가 양 뺨에는 참혹할 만큼 여드름이 많았다.

"저 나이에 저 여드름이라니 신기하긴 하네."

여성이 말했다.

"그거 말고. 여드름 말고. 주전자에다 막걸리를 어떻게 붓나 잘 보라니까."

여성은 남자 종업원에게서 눈을 떼지 않았다. 종업원은 테이블 위에다 빈 주전자를 모시듯 올려놓고 얌전히 주전자 뚜껑을 열었다. 능숙한 손놀림으로 막걸리통의 마개를 비틀어 땄다. 마개를 따자마자 막걸리통을 거꾸로 잡고 막걸리통의 주둥이를 주전자의 둥근 아가리에 넣었다. 넣는가 싶더니 재빠르게 두어 바퀴 돌렸다. 막걸리통의 주둥이가 주전자의 둥근 아가리를 따라 원을 그리며 휘리릭 돌았다.

그러면서 종업원은 막걸리통을 슬쩍 들어 올렸다. 슬쩍. 그러자 막걸리통의 주둥이에서 흰 막걸리가 회오리치며 나팔 모양으로 쏟아져 나왔다. 쏴아 소리와 함께 와아! 하는 환성과 박수가 주문한 테이블에서 터졌다. 다른 테이블의 손님들이 그쪽을 바라보았다. 종업원의 얼굴에서 자랑스러운 웃음이 피어났다.

"여기도 막걸리 한 통이요!"

이로 씨가 손을 번쩍 들어 큰 소리로 막걸리를 주문했다. 여성이 어쩔 줄 몰라 하며 이로 씨를 바라보았다.

종업원은 이로 씨의 테이블로 신나게 달려와서 조금 전의 퍼포먼스를 재연했다. 막걸리가 쏴아 소리를 내며 역시 나팔 모양으로 소용돌이쳤다. 막걸리가 부어졌다. 이로 씨가 오오오! 소리를 지르며 손뼉을 쳤다. 종업원이 좋아했다.

막걸리통 돌리는 남자 종업원의 손놀림이 예사롭지 않았다. 수백 수천 번의 반복 없이는 시연할 수 없는 솜씨라는 게 있는 거였다. 나팔 모양으로 회오리치는 막걸리도 막걸리지만 그 쏟아져 나오는 기세가 폭포 같았다.

"그런데 어째서 저런 방식으로 붓는 걸까?"

종업원이 가고 난 뒤 여성이 물었다.

"막걸리는 흔들어야 하는데 저렇게 하면 굳이 흔들 필요 없이 빠르게 부을 수 있잖아. 엄청난 회오리로 잘 섞이기도 하고 빠르기도 하고."

"천천히 붓고 천천히 따르고 천천히 마시면 되지. 꼭 빨리 그래야 돼?"

"당신은 사람이 꼭 그런 식이지. 이 식당에선 다들 막걸리를 이렇게 마셔. 그리고 즐긴다구. 있는 그대로를 긍정 좀 해봐."

"긍정?"

"응. 이런 곳에 좀 살다 보면 당신도 그런대로 현재를, 모든 것을 긍정하게 될 텐데. 아, 그랬음 좋겠다."

"현재라니? 모든 거라니? 뭔 소린지 잘 모르겠다. 당신 말은 알아들을 수가 없어. 예나 지금이나. 그러면서 소설가라니, 참."

"그런 거 있잖아. 우리 나이, 형편, 그런 거. 이 나이에 왜 이렇게 사나 싶지만 이렇게 살면 뭐 어떤가 그런 긍정도 좀…….'"

"당신이야 그토록 갖고 싶어 했던 전처를 갖게 돼서 당신이 말하는 현재를, 모든 것을 긍정씩이나 하는 거겠지."

"그건 또 뭔 소리?"

"그랬잖아. 전처가 있는 사람을 늘 부러워했잖아. 맹렬히."

"하, 당신은 문학적 수사를 몰라."

"얼어 죽을 문학적 수사."

"저 친구를 잘 봐. 막걸리 붓는 솜씨도 솜씨지만 사람들의 박수를 받고 좋아라 으쓱 자랑스러워하는 중년 남자의 긍지를 보라구. 사람들이 환호하며 박수 치는 건 나팔 폭포수 막걸리 때문만이 아니라니까. 저 나이에 저토록 천진할 수 있는 이유는 뭘까, 다들 그걸 신기하게 생각해. 좋아하지. 여기 막걸리가 특별히 더 잘 팔리는 이유가 있는 거라고. 술손님의 박수로 하루하루 살아가는 사람의 웃음을 아무 데서나 볼 수 있는 건 아니니까. 신기하다는 건 그거라고. 현실 긍정의 힘. 어수룩한 사람이라고 웃어넘길 일이 아니야."

"누가 웃어넘겼다고 그래. 막걸리를 꼭 빨리 마셔야 되는 거냐고 했을 뿐이야. 천천히 마셔도 되잖아. 걸핏하면 오버하는 당신 지금 또 공연히 오버하는 거야. 막걸리 빨리 마시면 현실 이런 거 긍정하는 거고 천천히 마시면 긍정이 아닌 건가? 어쩜 당신은 세월이 흘러도 쓸데없는 말 길게 하는 건 똑같냐?"

"연하남이라서 그러겠지."

"허, 또 그 소리. 도무지 그게 말이야 막걸리야?"

"연하가 아니라고, 내가?"

"그게 지금 무슨 상관인데?"

확실히 다른 풍경이었다.

그러나 그들 자신에겐 익숙한 풍경일지도.

이로 씨의 전처가 이 도시에 들렀고 그들은 오랜만에 만났다. 사람들로 북적이는 큰 식당에서 도다리쑥국과 막걸리를 마시며 큰 소리로 말했다. 서로를 책망하는 분위기였으나 어쩌면 반가움의 표시였을 수도.

"나 굴전 먹을래."

여성이 말했다.

"여기 굴전 하나랑 막걸리 하나 더요."

이로 씨가 큰 소리로 주문했다.

"이 동넨 먹을 게 많은가 봐."

"헐, 먹을 게 많냐고?"

"아닌가?"

"나, 참."

그렇게 다시 그들의 대화가 시작되었다.

"어제 길을 걷는데 말이야."

이로 씨가 말했다.

"해안로 새마을금고 앞을 지나고 있었거든. 거기는 지나는 내내 고소한 냄새가 나. 늘 그래. 친구인지 아니면 모녀인지 알 수 없는 두 여성이 지나가는 거야. 그런데 그중 키가 조금 더 커 보이는 여성이 뜬금없이 뭐랬는 줄 알아? 어머 얘, 얘, 여기는 꿀빵이 유명한가 봐. 이러는 거야. 헐! 나는 그만 길 위에 멈춰 서버렸지. 경이로운 장면을 접하면 나는 윽, 헉, 앗! 소리를 지르면서 한동안 꼼짝없이 서 있거든. 어제도 그랬다니까. 꿀빵이 유명한가 봐, 라니!"

"뭔데 그게? 꿀빵?"

"헐!"

"그 나이에 그 말 참 안 어울린다. 헐이라니."

"헐이 어때서? 우린 참 안 어울린다."

"그러니 못 살지."

막걸리 한 잔 마시고 이로 씨가 물었다.

"자고 갈 거야?"

"그래야지."

여성이 대답했다.

"어쩌지? 방이 개판인데. 좁고."

"누가 당신 방에서 자겠대? 진짜 헐이다."

"그럼?"

"스탠포드. 국제음악당 옆."

"여긴 왜 온 건데?"

"루체른 심포니."

"아."

"개막 공연이야. 음악제 라인업 알려줄 테니 먹는 것만 밝히지 말고 공연도 봐."

"……그래."

"당신이야말로 여기에 왜 온 거야? 여기에 여자라도 있는 거야?"

"헐."

"아이씨, 그거 자꾸 할래?"

"그냥 이곳저곳 한 계절씩 돌아다닐 뿐이야. 요즘 소설 안 써. 그냥 그렇게 다녀. 숲의 애벌레들이 한 나무의 이파리들을 속속 다 갉아 먹잖아. 홀랑. 그러듯이 나도 한 도시를 그렇게 매일매일 조금씩 야금야금 갉아먹어. 끝까지 홀랑 다 갉아 먹었다는 생각이 들면 슬슬 다른 도시로 뜨는 거야."

"애벌레라니, 비유도 안 좋아."

"벚꽃이 폈다가 지면 뭐 이곳에서도 떠나겠지."

"벚꽃 잎은 모두 동남쪽으로만 멀어진다는 거 알아?"

"황사도 동남쪽으로만 흐르잖아."

"벚꽃 얘기하는데 황사가 왜 나와? 말을 해도 꼭 깨는 말만 해요."

"같은 계절이니까. 풍향이 같으니까."

"됐네요."

다른 풍경이었지만 어딘가 익숙하기도 한 풍경이었다. 같이 살지는 않아도 아주 안 만나지는 않는 두 사람의 티격태격도 무언가의 긍정일까.

#11

나는 서른둘 주은후는 서른넷이 되어 있었다.

벚꽃 잎 날리던 그날 우리는 우리가 처음 만났던 교정을 떠올렸다. 빠르게 서로에게 다가가던 날들. 사랑한다고 말하던 날의 옷소매를 기억했다.

봄밤이 깊어가며 한강의 물빛도 농밀해졌다. 수면에 반사되는 색색의 불빛이 어지러웠다. 강변도로를 달리는 자동차가 뜸해졌다.

마음 한편에 이는 염려를 나는 지울 수 없었다. 더 늦지 않게 김상헌에게 돌아가야 한다고 생각했다. 그러나 주은후의 눈길과 마주칠 때마다 온몸에서 힘이 빠져나갔다.

주은후는 입학 후 한 학기만 마치고 입대했다. 등록금을 마련하지 못했다는 이유 하나 때문이었다.

어느 날 교정의 호숫가 벤치에 그가 앉아 있었다. 나도 그날 그곳 벤치에 잠깐 앉아 있었다. 나는 멋모르는 1학년이었고 중간고사가 막 시작되려던 가을이었다.

학교 도서관으로 향하다 잠깐 그의 옆 벤치에 앉은 게 인연의 시작이었다.

"그랬었잖아."

서른넷의 그가 창밖의 강물을 내다보며 말했다.

"그랬었어."

서른둘의 나는 고개를 끄덕였다.

그의 어깨쯤에서 전해져오는 체취 때문이었을까. 나는 오후의 벚꽃 잎들을 떠올리며 순간순간 아득해졌다. 성근 눈발처럼 동쪽인지 동남쪽인지로 흐르고 흐르던 벚꽃 잎들.

몇 학년이에요? 이런 식의 매우 싱거운 질문을 그에게서 받았던 것 같았다. 그 첫날. 그러나 그는 아닐 거라고 했다.

"네가 먼저 말을 걸었을걸. 가을 학기에 복학하셨죠? 랬던가."

이상하게도 우리는 둘 다 첫 대화를 기억하지 못했다. 기억하지 못하는 걸 오히려 즐거워했다. 첫 대화마저 잊어버렸다. 그만큼 첫 만남이 운명적이었던 거라고 웃으며 얘기했다.

"운명이었다는 건."

"정신이 하나도 없었다는 뜻."

"그랬었어."

"그랬었지."

특별한 이유나 계기도 없이 빠르게 가까워진 것도 당연하게 여겼다. 만나게 돼 있었기 때문에 만났고 좋아하게 돼 있었기 때문에 좋아한 거라며.

농담처럼 그런 말을 주고받았지만 말하고 나면 정체를 알 수 없는 숙연함이 가슴 안에 서늘하게 스며들었다.

"그토록 좋아했을 거였으니 안 만날 수 없었고 안 가까워질 수 없는 거였겠지."

"결말이 정해져 있었으니까. 사랑으로. 그래서 처음과 과정은 빠르게 생략되어 희미해져버린 걸지도 몰라."

10년 만에 해보는 말놀음이었다.

유치하다는 느낌의 이면에는 그리움도 있었고 걱정도 있었다. 그때로 돌아가고 싶다는 마음과 김상헌에게 돌아가야 한다는 마음. 김상헌이 떠오를 때마다 나는 조금씩 허둥댔다.

"그런데 네 소매에 새겨졌던 꽃문양은 선명히 기억해. 지금 생각해 보니 그게 벚꽃이었던 것 같아. 너에게 고백했던 날 말이야."

"한눈에 반해버렸다고 했던 날?"

"기억하지?"

"지금 생각하니 오빠 고백사 한번 참 고색창연했었네."

"그땐 다 그랬었어. 옷소매 기억나?"

그날 그의 고백이 살짝 떨리고 불분명했던 반면 내 손을 움켜

쥐었던 악력은 대단했었다. 그때도 나는 그에게 꼼짝없이 잡혀 있었다. 마주 바라볼 용기가 없어서 서로가 애먼 손등만 내려다보았다.

기억이 안 날 리 없었다. 나의 브라운 블라우스 소매는 벚꽃인지 앵두꽃인지 모를 자잘한 기계수 체인으로 둘러져 있었다. 가을옷의 봄꽃. 그는 하늘색 민무늬 남방셔츠였던가.

옷소매도 옷소매였지만 고백의 날에 그가 했던 할머니 얘기가 실은 더 인상적이었다. 내가 할머니와 단둘이 살았기 때문에 더 그랬는지는 몰라도.

강보에 쌓인 채 대문 밖에 놓여 있던 그를 집 안으로 들인 것은 그의 할머니였다. 손이 없던 집안이었다. 누군가 그 사실을 알고 아이를 놓고 갔다.

두어 달에 한 번 마을을 돌던 보따리장수의 아이라는 이도 있었고 얼마 전 집을 비우고 마을을 떠난 젊은 과수댁의 아이라는 소문도 있었다.

그런 말들 모다 부질없어, 부질없느니라. 생명은 거두고 보는 게 전래의 도리라며 할머니는 아퀴를 지었다. 하늘이 내린 은혜라는 뜻으로 이름을 은호恩昊라고 지었으나 치아가 성치 않은 할머니가 출생 신고를 하는 과정에서 은후恩厚로 바뀌었다.

그의 어머니는 그를 할머니와 아버지의 은밀한 계획에 따라 생산된 아이라며 멀리했다. 밖에서 몰래 낳아 들인 아이. 아이에 대한 할머니의 각별한 보살핌을 주씨 핏줄의 증거로 삼았다.

아이는 자신을 둘러싼 출생의 비밀을 모른 채 온전히 할머니 품에서 자랐다. 수명이 길지 않던 집안의 내력대로 그의 아버지가 선친만큼밖에 살지 못하고 세상을 떠났다.

할머니도 그와는 9년밖에 함께하지 못했다. 그는 언제나 서먹했던 어머니에게 남겨졌다. 어머니는 그때까지의 비화를 어린 그에게 남김없이 전하고는 그를 끝내 거두지 않았다.

나는 보안분실에서 있었던 일을 주은후에게 말했다. 그곳에서의 일이라면 말하는 나도 듣는 그도 힘들어했다. 하지만 어쩔 수 없는 것이기도 했다. 나의 할머니 얘기였다.

할머니는 잘 계실까?

어느 날 조사관이 나에게 말했다. 할머니라는 말을 듣자 와락 눈물부터 나오려고 했다. 얻어맞고 욕먹고 물에 처넣어질 때도 울지 않던 나였다.

자신의 딸아이 얘기를 할 때 조사관은 영락없는, 지극히 평범하고 자상한 아빠였다. 그런 그를 보면 내 안의 적개심이 한순간 무너졌다.

할머니 얘기라면 한없이 나약해질지도 몰라. 나는 불안했다. 정신을 차려야 된다고 다짐했다. 할머니에 관해 그가 무슨 말을 하든 그는 나와 할머니의 안녕에 눈곱만큼의 관심도 없는 자였으니까. 안녕은커녕 그것을 짓밟은 자였으니까.

다행히 나는 약해지지 않았다. 그가 할머니를 입에 올렸던 것은 나를 회유하기 위해서가 아니었으니까.

결손 가정 이거.

할머니는 잘 계실까, 라는 말 다음에 그가 한 말이었다.

보니까 주은후도 가족이 없더구만, 응? 그랬으니 고생했겠지. 꽤나 힘들었겠어. 너나 걔나, 사는 게. 왜 안 그랬겠어. 알겠어, 알아. 그렇다고 야, 불만을 세상에다 돌려서야 쓰겠니?

그가 이어 말했다.

니들 같은 애들이 갈 곳 없으니까 아무 데나 몰려다니면서 응? 뒤섞여 자고 먹고 하면서 이상한 짓거리나 하는 거 아니겠니. 너도 고1 때부터 술 먹고 담배 피웠다며. 어린 것들이 까져가지고 애인입네 어쩌네 하면서 니꺼네 내꺼네 서로 싸우질 않나. 나, 참. 그러면서 세상을 바꾸겠다고요? 지나가던 개가 웃어요. 물론 알아. 나도 젊어 한때는 몰려다니면서 그러기도 했어. 젊음이라는 게 그게 주체할 수 없는 거잖아. 뭐 깨부술 수도 있는 거지. 응. 하지만 다들 그러다 말지 니들처럼 대학까지 나와서도 그러질 않아. 뭐 형편이 그렇다니 그래, 그것도 이해하자면 이해하겠어. 그렇지만 말야……

거기까지는 그러려니 했다. 그들의 술수라는 것을 나는 알고 있었으니까. 주은후 등이 속한 언더의 활동을 젊은이들의 일시적 탈선으로 호도하려는 의도는 진작부터 있었으니까.

그리고 실토하라는 것이었다. 주은후를 알고 사귀게 된 배경. 자술서에다가 조사관이 말한 내용을 반영하라는 압력이었다. 공연히 가혹한 조사를 자초하지 말고 말해 준 대로 쓰라는 거였다. 탈선이라는 말이 정 싫으면 충동적 일탈쯤으로.

거기까지도 그러려니 했다. 그가 조용조용 말했다.

너도 양심이 있으면 좀 집에 계시는 할머니를 생각해 봐. 부모 없는 널 지금까지 키워주고 대학까지 보내주었는데 응? 너 이게 도리라고 생각하니? 몸 막 굴리고 몰려다니고 말야. 국가에 해나 끼치고. 아무리 막 커서 싸가지가 없기로서니 은혜는 알아야 할 것 아니냐. 할머니 걱정은 안 해? 걱정한다면 너 지금 여기서 이러고 있으면 안 돼.

그는 선생님처럼 가만히 나를 타일렀다.

나도 조용히 물었다.

양심이라고 했나요?

그래. 양심 좀 있어봐라, 야. 할머니한테.

도리라고 했나요?

도리가 있어야지, 좀. 안 그래?

할머니 걱정도 좀 하라고요?

그렇지. 내 말이 그 말이라니깐.

나 대신 걱정해 줘서 고맙다 개자식아.

어허, 무슨 말을 그렇게 험하게 하니?

그가 말했다.

앞으로 그 입에서 할머니 얘기 한 번 더 나오면 넌 진짜 개야.

평생 말하는 데 들 힘을 모두 끌어내 그에게 쏟아부었다. 그럴 때는 말이 커지지 않고 오히려 극도로 차분해진다는 사실에 놀랐다. 다른 건 몰라도 할머니를 입에 올리는 것만큼은 참을 수 없었다.

그는 내 뺨을 후려치고 발로 가슴을 찼다. 쓰러진 나의 머리를 발바닥으로 밟았다. 나는 비명도 지르지 못했다. 내 몸에서 더 나올 소리가 없었다.

후우, 개년. 독하기는.

그가 멋쩍게 뒷목의 땀을 훔치며 조사실을 나갔다.

주은후가 내 어깨를 안았다.

그의 품이 할머니처럼 따뜻했다. 스무 살의 우리가 어째서 그토록 급속히 가까워졌었는지 조금은 알 것 같았다. 서로가 서로에게 할머니였던 건 아닐지.

"너에게도 이제 할머니가 안 계시는구나."

"오빠가 잠적하고 내가 끌려갔던 그해를 못 넘기셨어."

"그러셨댔지."

그가 나를 다독였다.

"옷 입어야겠어."

내가 말했다.

"가려고?"

"늦었지만 그래야 할 것 같아, 오빠."

그는 한동안 말이 없었다.

누구도 먼저 방안의 불을 켜려고 하지 않았다.

"그래야 할 것 같아."

옷을 입고 그의 앞에 서서 말했다.

"응."

그가 고개를 푹 수그렸다.

창밖의 밤 벚꽃이 가로등 불빛 아래 흔들렸다. 봄마다 어김없이 흐드러지는 벚꽃이었으나 벚꽃이란 건 봄마다 어김없이 회오의 감정을 새록새록 부추겼다.

전쟁이 있었던 것도 아니고 위대한 개츠비도 아니면서 오빠는 어쩌자고 이토록이나 늦게 나타난 것일까. 그와 함께 바라보는 밤 벚꽃이 심술을 불러일으켰다. 두고 갈 수 없는 사람을 두고, 가지 않으면 안 될 사람에게 가야 했으므로.

형에게

형은 혹시라도 주례 같은 거 부탁받아 본 적 있어요? 나는 그런 적이 있었어요. 딸이 결혼을 하게 됐다며 대학 동창이 주례를 부탁한 거예요. 거절하기 어려운 친구였죠. 그렇지만 안 된다고, 그런 거 안 한다고 버텼죠.

요즘 무슨 촌스럽게 주례냐. 그냥 양가 부모의 덕담 정도로 대신하더라. 그게 요즘 추세라는데 굳이 나 같은 사람을 주례로 세울 필요 있겠냐.

나 같은 사람이라고 한 건, 그래요, 난 뭐 결혼에, 말하자면 실패한 사람이잖아요. 그런 사람이 친구의 귀한 딸 결혼식에 어떻게 주례를 서겠냐고요.

안 된다고 했죠. 그랬더니 이 친구 갑자기 슬픈 표정을 짓는 거예요. 신랑 측 의견을 무시할 수 없다나요. 그쪽은 주례를 원한다면서. 그럼 신랑 측에서 섭외하면 되지 않겠냐고 했죠. 그랬더니 더 막 슬픈 표정을 짓는 거예요. 나는 깜짝 놀랐죠.

대학 다닐 때 엄청 술 먹고 까불며 어울려 다니던 친구였거든요. 감정 장애라고 할 만큼 그 친구는 정말 슬프거나 걱정하는 표정을 지을 줄 몰랐죠. 얼굴에 그런 근육이 아예 없는 사람 같았어요.

그러니 초유의 슬픈 표정 한 번에 내가 넘어가버릴 밖에요. 왠지 분한 마음이 들긴 했지만 어쩔 수 없었어요. 내가 그를 아니까. 근심의 무게가 어느 만큼인지 짐작이 됐으니까요. 외면하면 친구가 아니라는 생각마저 들었어요.

그래서 눈 딱 감고 해주었어요. 예순도 되기 전에. 그게 억울했었나 봐요. 주례 서기엔 너무 젊잖아요.

어쨌거나 그랬는데 이 친구가 둘째 딸까지 부탁하지 뭐예요. 첫째가 아주 화목하게 잘 산다면서. 반토막 난 내 결혼의 몫까지 친구의 딸이 더 살아주는 것 아닌가 기분이 요상했지만 뭐 나쁘지는 않았어요.

하지만 둘째까지는 안 되겠더라고요. 친구도 처음처럼 슬픈 표정을 짓지 않았고요. 그래서 냅다 거절하곤 한동안 친구의 전화를 받지 않았어요. 그래서 그 친구의 첫째 딸 주례가 주례로선 처음이자 마지막이 되었던 거죠.

그런데요. 아, 오늘 주례 부탁을 받은 거예요.

박솔이요. Tolo의 아들.

"주례를 부탁드립니다."

청첩장을 내미는 줄 알았어요. 정중하게 흰 봉투를 내민 뒤 고개를 숙이더니 한참 동안이나 머리를 들지 않더라고요. 봉투 안에 든 것은 청첩장이 아니었어요. 엽서였어요. 관제 우편엽서.

"어머니께서 부탁의 말씀을 적어 보내셨습니다."

"엇! 내 얘기를 한 거예요?"

내가 물었죠.

"아닙니다, 아닙니다. 제가 알게 된 작가님이라고만 말씀드렸습니다."

그가 이어 말했어요.

"선생님을 뵙고 나서 선생님의 작품을 다 읽었습니다. 그리고 선생님께서는 제 어머니의 인생사를 알고 계시는 유일하신 분이기도 하고요. 게다가 아내 될 사람도 선생님의 작품을 무척 좋아하게 되었습니다. 선생님께 저희 앞날을 축복받고 싶습니다."

봉투에서 엽서를 꺼내 읽었죠. Tolo의 그녀가 시장 상인들에게 보냈던 엽서의 필체와 똑같은 글씨가 거기에 적혀 있었죠.

— 초면에 무례인 줄 알면서 외람되이 몇 자 적습니다. 제 자식이 불비하여 선생님께 실로 어려운 부탁을 드리려나 봅니다. 선생

님께서 혼인을 축복해 주신다면 더없는 영광이겠다고 아들아이가 자꾸만 저럽니다. 어미인 제가 직접 찾아뵙고 간곡한 부탁의 말씀을 드려야 하오나…….

엽서의 내용에는 특별한 게 없었어요. 예쁜 글씨만으로도 냉큼 부탁을 들어주고 싶은 그런 우편엽서였다는 점만 빼면요.

형이 생각하기에 어땠을 거 같아요? 내가 부탁을 받아들였을까요, 사양을 했을까요. 묻는 모양을 보니 아무래도 수락을 했을 것 같은가요?

하지만 그렇게 덜렁 들어줄 거라면 친구의 둘째 딸 주례 부탁도 받아들였어야 하지 않았을까요.

박솔과 Tolo의 부탁도 그 이상은 아니잖아요. 따지자면 생판 몰랐던 그들보다는 오히려 젊어 한때 치기 어린 낭만을 나누었던 술친구 쪽으로 더 기울지요.

근데 하겠다고 했어요. 좀더 특별하거나 그럴싸한 이유가 있어야 했는데 어쨌든 하겠다고 한 거예요. 왜냐면 그런 게 있으니까. 그런 게 있어요. 궁금한가요. 대뜸 말해 버리면 재미없을 테니까 그건 다음에 말하죠. 다음에.

나는 박솔에게 물었어요.

"아버지에 대해서는 얼마나 알고 있어요?"

그가 말했죠.

"먼 데 갔다. 아르헨티나에. 일 때문에. 어머닌 그렇게 말씀하셨죠. 결국 열 살이 됐어도 아버지는 돌아오지 않았어요. 저는 아르헨티나라는 지구 반대편 나라에 대한 호기심만 키웠고요. 사실은 돌아가셨단다. 열한 살에야 처음 들은 말이었죠. 아버지의 성이 박이 아닌 주라는 것도. 그 뒤로 아버지에 대해 자세히 들은 적이 없어요. 아버지에 대해서라면 어머니의 말씀은 언제나 드라마 대사 같았죠. 어디선가 많이 들었던 남들의 얘기. 어머니의 뜻을 진작 알아차린 나도 더는 묻지 않았죠. 더 묻지 말라는 거였으니까요. 아버지의 묘를 찾아 참배한 뒤로 아버지의 존재와 죽음이 비로소 실감 나긴 했어요. 엄마는 누구와도 법적인 혼인 관계였던 적이 없었단다. 이 말을 들은 것도 6년밖에 안 되었어요. 그러니 아버지는 언제나 저한테는 빈 괄호였지요. 저도 곧 아버지가 될 텐데."

"내가 주례 요청을 받아들인 데는 다른 이유가 있어요."

내가 말했어요.

"그렇습니까?"

"그러나 이유를 말하는 건 당분간 유보할게요."

"아, 또 그 당분간이네요."

"그래요. 그 당분간."

이랬으니 형한테도 당분간.

근데 그날 박솔과 함께 먹었던 시락국밥이 정말 잊히지 않네요. 이곳에 올 때마다 박솔은 일부러 그 집에 들른다네요.

이 도시는 아, 정말 먹을 것이 무궁무진해요. 오늘은 시락국밥 집에 가서 저녁을 먹을까 봐요. 생각만 해도 벌써부터 속이 막 따뜻해지며 기분이 좋네요. 다른 게 행복이 아니다 싶을 정도로. 생부추 듬뿍 넣고 들깻가루 팍팍 뿌려 먹으면……

형도 오면 꼭 함께 먹어요.

#12

김상헌과 살던 방 창가에도 벚꽃은 피어 있었다.

내가 늦은 것에 대해 김상헌은 아무 말 하지 않았다. 아침이 되었고 햇볕이 창밖의 벚꽃에 이미 한참을 머무르고 있었다. 김상헌은 한마디도 하지 않았다.

내가 늦은 것. 그것에 대해 아무 말 하지 않았던 것이 아니라, 아무 말 하지 않기로 한 것에 '내가 늦은 것'도 포함돼 있는 것 같았다. 그렇게 종일 혹은 며칠, 아니면 영원히 아무 말도 안 할 것처럼 보였다.

그가 만드는 방식대로 나는 커피를 내렸다. 천천히 정성을 다했다. 그즈음 나는 그가 만드는 방식의 커피를 그에게서 배우고 있었다. 당시만 해도 집에서 커피를 볶거나 갈거나 필터에 내려

마시는 일은 흔치 않았다.

내가 하는 것이라면 어떤 일에든 엄지를 치켜드는 그였으나 커피는 아니었다. 좀처럼 고개를 끄덕이지 않았다.

내가 커피를 내려 건네면 그는 커피 잔 가까이 코끝을 대고 향을 맡았다. 커피를 입술에 살짝 적셨다. 그런 뒤 아주 적은 양의 커피를 입안에 오래 머금었다.

나에게 정다운 미소를 보낼망정 고개를 끄덕이진 않았다. 내가 내린 커피에 대한 그의 품평은 그것이 전부였다. 커피에 관해서만큼은 평가가 인색했다.

만개한 벚꽃 때문이었을까. 평소보다 주방 창밖이 밝았다. 식탁도 더 환했다. 나는 앤티크 블퍼잔에 커피를 따랐다.

커피 잔 위에서 그의 코끝이 천천히 좌우로 움직였다. 그 모습에서 나는 어떤 희망인지도 모른 채 희망을 가져도 좋겠다고만 생각했다. 커피가 그의 입술을 적셨다. 한 모금을 오래 머금었다.

그리고 나를 바라보며 고개를 끄덕였다.

"정말이요?"

내가 놀라 물었고,

"정말 그래요."

말하며 그가 다시 고개를 끄덕였다.

나는 희망의 정체를 알았다. 그가 목소리를 냈기 때문이었다. 그의 목소리를 듣는 것. 그날 나의 희망은 그것이었다. 커피 칭찬보다는 아무 말 안 할 거라는 암울한 추측이 얼른 깨져버리는 것.

그렇다고 금방 환호 모드로 돌아설 수는 없었다. 나의 자격지심 때문이기도 했지만 이어진 그의 말이 어딘가 의미심장해 보여서였다. 전부는 아니더라도 그날 그가 했던 말들을 지금도 기억해 낼 수 있다.

어떤 남자가 있었다. 그는 생테밀리옹에 갔다. 그 마을의 어떤 빈집에 반해서 그는 한국의 모든 재산을 털어 그 집을 샀다. 당초 그럴 마음을 갖고 생테밀리옹에 갔던 것은 아니었다. 좁은 골목들을 거닐다 빈집을 보고 문득 그러겠다고 마음먹었다. 그리고 그는 그렇게 했다.

생테밀리옹의 작은 단층 벽돌집을 사고 나자 그의 수중에는 아무것도 남아 있지 않았다. 그러나 그는 걱정하지 않았다. 의외의 일들이 생기기 시작했기 때문이었다.

그가 어떻게 그곳에서 살게 되었는지 보르도 지방의 방송은 물론 한국의 방송도 다각도로 그를 취재했다. 이 집을 사겠다고 결심했을 때 당신은 혹시 와인을 마신 상태였습니까? 그렇다면 그 와인이 어느 와이너리 것인지도 기억할 수 있겠습니까? 따위의 인터뷰였다.

그는 생각나는 대로 대답했다. 생각나는 대로 반복해 대답해도 취재는 한동안 그치지 않았다. 빈집에 혼자 사는 그를 찾아오는 사람이 점점 늘었다.

"그는 프랑스인과 한국인에게 하루에 딱 50잔의 커피를 팔았어요. 결코 50잔 이상을 팔지 않았죠. 더는 그가 방송에 나오지 않게 되었지만 그의 커피 맛을 보러 오는 사람들은 좀처럼 줄어들지 않았어요. 그는 91세에 세상을 떠났고 생테밀리옹 인근의 포도밭 묘지에 묻혔죠."

나는 알 수 없었다. 자신이 내리는 커피가 생테밀리옹 남자의 커피 추출 방식이라는 뜻인지. 아니면 어디 먼 곳으로 혼자 떠나 91세 정도까지의 여생을 의외의 상황에 맡겨보고 싶다는 뜻인지.

언젠가 그는 자신의 사랑을 받아달라면서 나에게 말했던 적이 있었다. 나를 간곡히 원하는 데는 사랑 그 자체의 이유 말고 다른 어떤 이유도 없다면서. 덜렁거리는 팔로 조사실과 땡볕의 컨테이너 유치장을 오가던 나와 마주친 순간 모든 것은 결정되어버렸다고. 내가 그의 모든 것이라고.

그러니 받아줄 수 없다면 떠나주겠노라고. 대신 자신의 생애에 다른 여자는 없을 거라고 했다. 단연코. 당신이 유일하니까요. 그는 말했다. 나머지 생은 혼자서 간다고.

나는 창밖의 벚꽃이 다시금 아득해졌다. 조금 전의 남자 이야기가 주은후, 그리고 늦은 귀가에 관련된 말이 아니라고 할 수 없었다. 그는 나의 대답을 원하는 것 같았다. 하지만 그의 의중을 정확히 읽을 수 없어 어찌할 바를 몰랐다. 그는 부연 설명 같은 걸 하지 않았다.

그도 뭔가를 많이 망설이거나 후회하는 것 같았다. 소통되지 않은 말. 말하고 있었으나 침묵하고 있을 때와 다르지 않았다. 그걸 깨닫고 나는 다시금 아득해졌던 것이다.

그는 뭐라고 말했나. 나는 뭐라고 대답해야 하나. 그에게서 끼쳐온 말의 침묵이 조금은 위협적으로 느껴졌다. 희망은 다시 꺼져버렸고 나는 식은 커피 잔을 바라보았다.

"한 촌부가 있었대요."

그때 그가 말했다.

"죽기 전에 소에게 사과했대요. 때리고 욕하고 부려먹기만 했던 소에게 미안했대요. 임종 직전에 할 말 있으면 하라는 유족에게 그는 마지막으로 소에게 미안하다고 말해 달라며 눈물을 흘렸대요. 그가 평생 얼마나 고된 농사를 지었으며 얼마나 오랜 시간 소와 함께 살았는지 잘 아는 가족들은 그의 마지막 사과가 자신들이 아닌 짐승을 향한 것이었다는 것에 숙연해졌대요. 가족들은 소에게 고인의 사과를 전했다고 해요. 소는 알아들었을 거예요. 이런 얘기, 아침에 듣기에는 좀 뜬금없을 거예요. 알아요. 그저 나는 촌부의 간절함을 떠올려보고 싶었을 뿐이에요. 간절함이라는 거요. 그것만. 오늘 나는 간절하니까."

"말해 봐요."

"유치하지만 나로선 절박하니까요."

"듣고 싶어요."

"……"

"말해요, 괜찮아요."

"말할게요."

숨을 세 번쯤 들이쉬고 내쉰 뒤 그가 말했다.

"늦더라도…… 밤은 새우지 않았음 좋겠어요."

그 말을 하는 그의 표정은 거의 울상이었다.

그때 마침 전화벨이 울렸다.

김상헌이 전화를 받았다. 빠르게 메모를 하며 낮고 짧고 은밀한 통화를 끝냈다. 그리고 나에게 물었다.

"내가 전할까요? 급하다는데."

경찰 내부의 지인으로부터 온 메시지라는 뜻이었다. 주은후를 현재의 위치에서 급히 이동시키라는 정보일 거였다. 김상헌과 나는 그렇게 주은후의 도피를 도왔다.

"내가 할게요."

나는 서둘러 전화번호를 눌렀다.

"한남 문구죠? 차 좀 빼달라고 해주세요. 지금 바로요. 네, 바로. 그리고 앞으로 2주 동안만이라도 그곳에 주차하지 말아달라고 해주세요. 빨리요."

전화를 끊자 가슴이 방망이질 쳤다. 김상헌이 나를 바라보았다. 나도 그를 바라보았다. 그에게 말했다.

"그럴게요. 약속할게요."

벗꽃이　지기　전에

◇

"요 아래 빨간 우체통에서 꼬마 여자 아이를 봤어요."

이로 씨가 자리에 앉으며 말했다. Tolo의 한낮은 언제나처럼 한산했다.

"할아버지가 또 당하던가요?"

그녀가 물었다. 아이는 할아버지와 함께였다. 그녀도 아는 아이였던 것이다. 어쩌면 근방 사람들이 다 아는 아이일지도 몰랐다.

다시 내려가서 사와.

아이가 말했다.

이따 사줄게. 다시 내려갔다 오기엔 할아버지 다리가 너무 아프다.

사준다고 했잖아.

할아버지가 깜빡했어. 미안해. 대신 이따가 내려가서 두 개 사줄게. 응? 우리 예쁜 애기.

지금 갔다 와.

세 개 사줄게.

갔다 오라니깐.

너 혼자 여기서 기다려야 하는데 괜찮아? 나쁜 사람이 예쁜 애기 잡아가면 어쩌려고. 혼자 있기엔 넌 너무 어려. 할아버지는 그렇게 못 해.

걱정 마. 갔다 와.

그럼 함께 갔다 오자.

혼자 갔다 와.

그 망측한 게 뭐 그리 좋다고…….

갔다 와 갔다 와 갔다 와 갔다 와 갔다 오라고오오!

아이의 할아버지가 울상이 되어 언덕을 내려갔다.

그가 다시 올라올 때까지 이로 씨는 슬그머니 아이 곁을 지켜 주었다.

무엇입니까, 그게?

한참 뒤 아이의 할아버지가 허위허위 올라왔고 이로 씨가 물었다.

거북알이라대요.

아이가 꺼내 입에 문 것은 어린이용 콘돔 같았는데 어린이용 콘돔이라는 건 있을 리 없었다.

흰물초콜렛이라나 뭐라나.

노인들은 아이들을 좋아하고 아이들은 노인들을 깔본다! 그들 곁을 떠날 때 든 생각이었다.

순리지, 그게. 암.

혼자 중얼거리며 걸음을 옮겼다. 까칠한 손녀와 주눅 든 할아버지가 있는 언덕 중턱의 커다란 빨간 우체통 풍경은, 그치지 않는 조손간의 신경전과는 아무 상관 없이 오오오오, 감탄이 나올 만큼 아름다웠다. 개나리꽃덩굴 아래로 바다가 내려다보이는 청라언덕! 하얀 제비가 그려진 빨갛고 커다란 우체통. 아무려나 그렇지, 이곳은. 이 도시는 매사 그런 곳이지. 이로 씨는 격하게 고개를 끄덕였다.

이렇게 이런 날 이런 도시의 이런 언덕을 걷는다는 게 축복이 아니고 무어랴. 이로 씨는 마냥 기분이 좋아져서 걸었다. 그러다 놀란 듯 멈춰 서서 으잉! 탄성을 질렀다.

순리라니!

조금 전 중얼거렸던 말을 다시 떠올리며 자신한테 물었다.

무슨 순리라는 거지?

하여튼 그랬노라고, 놀란 듯 길 위에 멈춰 서서 "무슨 순리라는 거지?"라고 외쳤노라고 이로 씨는 Tolo의 그녀에게 말했다. 그녀는 무언가를 열심히 반죽하는 중이었다. 반죽하면서 말했다.

"생테밀리옹이라는 데가 있다지요?"

깜짝이야. 이로 씨는 갑자기 다 들켜버린 것 같아 으으으, 놀라며 그녀를 바라보았다.

"왜 그러세요?"

"아, 아닙니다. 죄송합니다. 괜찮습니다. 당분간은."

"당분간이요?"

"아, 예, 음, 어쨌든 네, 그런 게 있습니다."

"얼마나 좋은 곳인지는 모르나 어떤 한국 남자가 어느 날 그리로 훌쩍 떠나서 91세까지 맛있는 커피를 팔며 혼자 살았다네요."

"아, 예."

"이 도시에 와서 커피를 팔며 혼자 살자니 여기가 거긴가 싶기도 해요."

"여기는 동양의 나폴리라던데."

"나폴리나 생테밀리옹이나 거기가 거길 테지요."

"예. 아."

"아름다운 곳이라고 하셨잖아요. 창밖을 내다보실 때마다. 여기가 매사 그런 곳이라고 하셨잖아요. 그래서 해본 소릴 테지요."

"혹시…… 이 커피가 그 방식일까요. 생테밀리옹에서 91세까지 팔았다는 그."

이로 씨가 물었다.

"어딜요. 애 아빠가 에티오피아 원주민들 커피 끓여 마시는 걸

텔레비전에서 보고 그대로 따라 한 것뿐인걸요."

음, 애 아빠라…….

"재주 있는 분인가 보네요. 티비에서 본 걸로 맛을 내다니요."

"아이스크림도 그런걸요. 그 사람은 웬 스페인 책에서 본 대로 산양젖으로만 만든 요거트와 휘핑크림을 썼죠. 커피와 아이스크림 만드는 법은 평생 안 바꿀 것 같아요. 아마 그럴 거예요. 그 방법밖에 모르거든요."

"삼계탕라면도 그럼 그분의……."

"아아, 그건 제거예요."

그녀는 이로 씨 앞에다 셔벗 같은 아이스크림을 내놓았다. 금방 만든 거라며 맛보라고 했다. 이로 씨가 Tolo에 들어설 때 그녀가 반죽하던 것이 Tolo표 아이스크림이었던 것이다.

"늘 그랬듯 음, 음, 신선하고 맛있어요. 이거 개발한 분은 지금 그럼."

그녀가 고개를 천천히 가로저었다. 천천히.

"돌아……가셨나요?"

이로 씨가 물었다.

"그렇진 않아요."

그녀가 대답했다.

카페 문이 딸랑 열렸다. 젊은 두 남녀가 봄기운을 가득 안고 들어섰다. 그녀는 얼른 제자리로 돌아가 주문받을 채비를 했다.

형에게

이 도시는 매사 그런 곳이라고 Tolo의 그녀에게 말했었죠. 이 도시가 매우 아름답다는 말로 그녀는 들었나 봐요.

물론 나도 그런 뜻으로 말한 거긴 해요. '이 도시는 매사 그런 곳이다.' 하지만 그저 아름답다는 식으로 말한 건 아니고 뭐랄까요, 거기엔 또다른 어떤 게 있는 것 같아요.

형도 이곳에 와봤겠지요. 형은 어땠을까, 이곳이. 풍광이야 말할 것도 없죠. 오죽하면 동양의 나폴리일까.

아, 참. 형은 그게 궁금하지 않았나요? 왜 '한국의 나폴리'라고 하지 않고 '동양의 나폴리'라고 하는지. 나는 그게 되게 궁금하더라고요. 그래서 찾아봤더니 오호, '한국의 나폴리'는 따로 있는 거예요. 재밌죠? 형이 사는 데서 멀지 않아요. 한번 검색해 봐요.

풍광만으로도 아름다운 이곳이지만 그 풍광을 더 풍광답게 하는 것들이 있다는 거예요. 도다리쑥국 같은 것도 그렇고 Tolo의 삼계탕라면 같은 것도 그래요. 김 무럭무럭 나는 그 신기한 삼계탕면을 한 입 물고 뜨거워 흐으흐으거리며 창밖의 봄 풍경을 내다보면 그게 그냥 풍광이겠느냐고요.

그런 거예요.

밸 있잖아요. 10·26 총도 팔고 땅콩모나카도 척척 구해다 주는 밸이요. 하늘에서 별도 따다 주는. 그런 사람이 활어회 시장의 젖은 바닥을 경쾌하게 가로지르며 크게 웃고 떠들면 이곳의 풍광이 갑자기 바니시를 입힌 그림처럼 반짝반짝 빛나는 거예요. 그런 산뜻함이 있는 곳이죠, 이 도시는.

손녀와 할아버지가 커다란 빨간 우체통 앞에서 실랑이를 벌이는 모습도 우두커니 지켜보게 돼요. 걸음을 멈추고요. 그러고 있다 보면 그러고 있는 나 자신도 다른 사람의 눈에는 고스란히 이 도시의 한 풍경이 되어버리는 거겠구나 상상하게 되죠.

그런 상상이 간질간질 재밌어지는 거예요. 그 재미가 풍광에 아름다움을 더하게 되는 거고요.

여기서만 그러는 걸까. 그런 건 다른 곳에서도 마찬가지 아니었을까. 이런 생각도 하죠, 물론. 그러나 형도 알다시피 내가 글은 안 쓰고 요즘 전국을 빌빌 돌아다니잖아요. 그런데 여기 와서 그렇다는 걸 비로소 의식하게 된 거예요. 아름다운 것을 더 아름다워지게 하는 뭔가가 있다는 사실을요.

내가 그동안 좀 둔했어서 그런 걸지도 몰라요. 그랬다 쳐요. 하지만 둔한 나를 흔들어 깨운 게 어쨌든 이 도시라는 것은 분명하잖아요. 오늘은 어떤 일이 있었냐면요.

낚시를 했어요.

내가 자주 가는 볼락구잇집 삼촌하고요. 삼촌이라고는 하는데 그동안 누구의 삼촌인지도 몰랐어요. 그런 데서는 남자 종업원을 종종 삼촌이라고 부르잖아요. 그런데 종업원 같지도 않았어요.

일을 하기는 하는데 종업원은 아니고, 그렇다고 주인 부부 어느 한쪽의 동생처럼도 보이지도 않았어요. 어찌 된 영문인지는 모르나 하여튼 볼락구잇집에 빌붙어 살면서 슬슬 일을 거들거나 그냥 놀거나 그러는 사람 같았어요.

그가 뭘 하든 주인 부부는 뭐라 하지 않았고 그도 딱히 주인 부부의 눈에 거스르는 짓을 하지 않았죠. 일을 해도 그만 안 해도 그만인 사람. 이득도 손해도 끼치지 않는 사람. 맘에 들지도 눈에 나지도 않는 사람. 그런 사람이 있을까요. 신기하고 묘한 사람이었어요. 그러기도 힘든 거잖아요.

삼촌이라고 하니까 어딘가 청년 같은 느낌이 드나요? 아니에요. 나보다 두 살이나 많은걸요. 이 사람하고 오늘 낚시를 했어요. 형도 알다시피 낚시라면 나는 젬병이잖아요.

"그냥 낚시를 물에 넣으면 돼. 넣으면 나와. 볼락이."

그러는 바람에 따라나섰죠. 배를 타고 바다로 나간 것은 아니었고요, 테트라포드를 찾아 나섰던 거예요.

"볼락 철엔 거기서도 잘 잡히니까. 퍼렁 볼락 빨간 볼락 꺼먼 볼락이 있는데 여기선 꺼먼 게 잡혀. 맛도 그게 최고야."

그는 아무에게나 반말이고 그에게도 아무나 반말인데요, 나는 소심한 건지 그게 잘 안 되더라고요. 그거는 형도 마찬가지.

그의 차인지 빌린 건지 모를 구형 엘란트라를 타고 다리 건너 미륵도를 한 바퀴 돌면서 포인트를 찾았죠. 그때 나는 정말 깜짝 놀랐다니까요.

사실 나는 이 도시가 어쨌든 예쁘고 맛있는 거 많고 걷기 좋고 문학도 있고 미술도 있고 음악도 있어서 더없이 좋기는 했는데 한 가지, 그 나폴리라는 말은 좀 걸렸었거든요.

굳이 다른 나라 명승지 이름을 따다 붙일 거 있나. 그런 생각이 들었던 거죠. 줏대가 있다 없다 그런 뜻은 아니었고요, 솔직히 나도 나폴리는 못 가봤지만, 과연 이곳이 나폴리만 한가 그런 생각을 감출 수 없었어요. 사진으로만 비교해 봐도 그건 좀 아닌 거 아닌가.

그러니 아닌 것을 기라고 우기는 것 같아 살짝 서글퍼 보였었어요. 동양의 나폴리라는 게.

그런데 미륵도를 돌면서, 아, 내가 왜 미륵도를 안 돌았던가, 안 돌고서 어찌 먼저 서글프다고만 했단 말인가, 후회가 아니라 솔직히 좀 창피하다는 생각이 들더라고요.

그러니 낚시 따위 상관없었죠. 낚시 말고 계속 미륵도 일주로를 달리거나 걷거나 멈추어 빠져들고 싶었어요. 나폴리가 이렇게 좋은 곳인가 보다 새로 생각하게 되었고요.

그런데 삼촌은 처음부터 내 기분 따위 아랑곳하지 않았어요. 낚시에만 정신이 팔렸죠. 하지만 테트라포드 위에 자리를 잡고 나서야 나는 또 미처 몰랐던 걸 알게 되었어요. 삼촌이 하고 싶었던 건 낚시가 아니라, 낚시 가르치기였던 거예요. 볼락 잡는 법을 나한테 쉴 새 없이 가르치려 들었죠. 더 정확하게는 자랑질하고 싶었던 거고요. 자기가 얼마나 볼락 낚시의 달인인가를.

"물의 깊이를 삼등분하라구. 위에는 청볼락이 잡혀. 그다음이 갈볼락, 아주 밑이 흑볼락. 우린 뭘 잡아야 한다? 그렇지, 땡동댕. 흑볼락이야. 자, 잘 봐."

그러고서 시작된 그의 강의는 내가 미처 따라잡기도 전에 혼자서 일사천리 청산유수로 흘러갔죠.

"바닥층에서 입질을 하는 것들은 경계심이 많아. 자, 보라고. 루어를 바닥으로 내린 뒤에 로드워크로 최대한 느리게 액션을 구사해 주어야 해."

그의 말을 이해하고 나면 별말 아니었다는 걸 알게 되지만 당장은 어쩐지 어려운 말 같기만 했죠. 그래서 나는 번번이 그의 말을 놓쳤고 그는 혼자 저만치 앞질러 갔어요.

그러거나 말거나 나는 네네, 응응, 거리면서 열심히 배우는 척 했죠. 그런데 거기서 끝이 아니었던 거예요.

"툭툭 입질이 오면 말야, 재빠르게 강제 집행을 해야 해. 봐봐. 이렇게. 이렇게. 이렇게 안 하면 볼락이 채비를 몽땅 끌고 테트라포드 사이로 들어가서 망치게 돼."

그러면서 끝내 나한테 낚싯대를 주지 않는 거예요. 혼자 낚싯대 두 개를 양손에 나눠 쥐고서 입으로만 빠르게 나를 가르쳤어요.

"지금이야. 당겨. 빠르게. 옳지, 옳지, 자알했어. 그렇게 하는 거야."

말은 그리했지만 낚싯대는 여전히 그의 손에 쥐어져 있었죠.

나중에 나에게 낚싯대가 오긴 왔어요. 하지만 결정적인 순간에는 번번이 그가 달려와 나보다 먼저 낚싯대를 채어 올렸죠. 나는 그저 낚시 거치대처럼 멍하니 서 있었을 뿐이고요.

그런데 그날따라 어쩌면 그리도 볼락이 잘 올라오던지요. 줄기차게 이어졌어요. 내가 잡는 거라면 정말 황홀했을 텐데 그 모든 황홀의 순간은 그의 것이었어요.

그러면서도 그는 내가 잘 잡는다고 박수를 치질 않나 축하한다고 엄지를 치켜세우질 않나, 처음 잡는 사람이 이토록 잘 잡는 것은 기적에 가까우며 혹시 낚시 천재 아니냐는 둥 호들갑을 떨었어요.

어망이 금세 볼락으로 가득해졌죠. 자기가 잡은 거였으면서도 삼촌은 대박이다 부럽다 좋겠다 시샘까지 하던걸요. 그래서 내가 말했죠.

"그럼 이걸 진짜 내가 다 가져도 된다는 건가요?"

그랬더니 그가 말했어요.

"도대체 지금 무슨 소리를 하는 거야? 그럼 누가 가져? 잡은 사람이 가지는 거지."

"내가 잡았다구요?"

"그랬잖아."

내가 언제 잡았냐, 당신이 다 잡은 거 아니냐고 따지고 싶었지만 그게 다 내 거라는 바람에 난 아무 소리도 안 했죠. 그리고 정말 내 것이 되었어요. 나는 그걸 몽땅 Tolo에 가져다주었고요.

이런 거요. 정말 어처구니없지만 이곳에서는 이런 일이 살짝 아무렇지도 않게 생겨요. 지금 생각해도 볼락 잡던 미륵도의 바다는 정말 환상적이었죠. 진부하기 짝이 없는 비유도 이럴 때 딱 한 번은 써먹어야 하는 거 아닌지 모르겠어요. 나폴리가 왔다가 울고 가는 곳이 이곳이라고.

그날 낮의 테트라포드와 수면에 반짝이던 은결, 그리고 푸드덕거리며 공중으로 솟구치던 거먹거먹한 볼락들을 떠올리면 지금도 저르르 전율이 돋아요. 정말 아름다운 전율이라고 말해 버리고 싶은.

햇빛과 물빛과 번쩍이는 볼락 때문만이었겠어요. 저 말도 안 되는 삼촌의 잘난 척 오두방정 주책이 아니었어도 이토록 저르르

떨릴까요. 게다가 어망 가득한 볼락을 안겼을 때 눈이 황소처럼 커지던 Tolo의 그녀는 어떻고요.

이 도시는 매사 그런 곳이라니까요.

마지막으로 다녀간 게 언제인지는 모르겠지만 형도 곧 한번 다시 와요. 봄이 가기 전에. 여기 벚꽃도 참 좋다네요. 벚꽃요.

#13

조사관은 어이없어했다.

정말 몰라? 아이티를?

그가 물었고 나는 겨우 입을 열었다.

카리브해……

에잇!

내가 말을 다 하기도 전에 그는 아무 데나 찌를 것처럼 볼펜을 꼬나 쥐고 뾰족한 끝으로 에잇, 에잇, 하며 내 면전의 허공을 위협했다.

카리브해라니. 삼천포도 이런 삼천포가 없네. 참, 나. 지금 날 놀리니?

내가 아는 아이티는 카리브해의, 그러니까 쿠바 끝에 있는 섬

나라뿐이었다. 도미니카 공화국과 붙어 있던가.

아이덴티티를 뭐라고 해?

그가 물었다.

정체……성.

그것의 약자는?

아이디.

그래. 그렇지. 근데 무식한 새끼들이 그걸 아이티라고 한댄다. 주은후 같은 또라이 새끼들.

'은어 같은 것이겠지, 개자식아.'

나는 속으로 욕을 해주었다. 무식한 건 니들이지. 국민의 생명을 빼앗은 피 묻은 손으로 정권을 찬탈한 더러운 권력의 주구 노릇이나 하면서 뭐 대단한 일이나 하는 것처럼 착각하는 니들이야 말로, 쌩 무식한 거지.

주사파를 아이티라고 한다더라.

'은어인데 뭐라 하든 무슨 상관?'

너 정말 아무것도 모르니? 너 레닌도 모르는 거 아냐? 음악 감상은 알아? 한밤중에 북한 라디오 몰래 듣는 음악 감상 말야.

신이 난 건지 모욕을 하는 건지 알 수 없는 말투로 그는 이것저것 말했다. 주은후한테서도 들어보지 못했던 말들을 나는 수사관한테 배운 셈이었다.

총화 시간이라는 것 알아 몰라? 총화 시간에는 남자 친구랑 몇 번 했는지도 여러 사람 앞에서 다 말해야 한다며? 너도 그래서 말했니? 열 번을 두 번으로 줄여 말들 한다는데 너도 그랬어?

"치졸한 자식."

주은후가 말했다.

김상헌은 혼자 저만치 떨어져 서서 아까부터 바다 쪽을 바라보고 있었다.

"조사받으면서……."

내가 말했다.

"식민지반봉건사회론이니 신식민지국가독점자본론이니 하는 것들을 알았어. 들어보니 꽤나 전문적이고 어려운 논쟁이더라고. 팔자에도 없는 아주 빡센 사구체 과외 수업을 받았어."

말하며 나는 김상헌 쪽을 바라보았다. 그의 긴 머리카락이 세찬 바닷바람에 어지럽게 흩날렸다. 태풍이 오려나 파도가 사나웠다. 거대한 짐승이 허연 이빨을 드러낸 채 으르렁거리며 내달아와 해안의 바위를 물어뜯었다.

바람이 거셌으나 김상헌은 꼼짝도 않고 그 자리에 붙박인 듯 서 있었다. 저녁의 푸른 기운이 그를 청동빛으로 물들였다.

"그걸 사구체라고 한다며?"

김상헌에게서 눈을 떼지 않은 채 나는 이어 말했다.

"사회구성체 논쟁이라던가? 억지로 외우게 했어. 진술서에 그걸 써야 하는데 모르고 쓸 수는 없다는 거야. 재판받을 때도 그걸 알고 있어야 자백이 받아들여진다나. 거짓 진술에 거짓 자백을 하라는 거였어. 그런 말 따위 귓등으로 넘기고 진술을 거부해서 욕먹고 얻어터지고 물에 처박혔지만 끝내 나는 그들이 불러주는 대로 적지 않았어. 거짓 자백도 할 마음이 없는데 거짓 자백이 받아들여지길 바란다는 게 말이 안 되는 거잖아."

"엄혹한 세월만 탓하며, 희린아, 너에게 무심했던 것 미안해."

주은후가 말했다.

"네가 겪었을 아픔을 생각하면 뼈가 시려. 그룹의 안전을 내세워 너보다는 나 자신을 먼저 생각했어. 지금부터라도 그러지 않을 거야. 지난 세월, 할 말이 많지만 말 못 할 회한도 많아. 하지만 너에게만은 이제부터 천천히, 천천히 다 말할게. 분명한 건, 나로 인해 네가 불행해지는 사태는 다시 없을 거라는 거야. 다시는. 나의 맹세야, 이건."

그때 김상헌이 주은후와 내가 있는 쪽으로 천천히 걸어왔다. 오랫동안 세찬 바닷바람을 마주하고 있어서였을까, 김상헌의 얼굴은 속초에 막 도착했을 때보다 조금 더 검고 조금 더 번들거리고 조금 더 피로해 보였다. 김상헌의 뒤쪽으로는 여전히 큰 파도가 부서졌고 흰 거품이 허공으로 치솟았다. 하늘이 어두워지자 바다는 더욱 크게 울었다.

세 사람은 급히 바다로 왔다. 지인으로부터 전화를 받은 김상헌이 서둘러 주은후를 속초로 피신시켰던 것이다. 속초는 김상헌의 고향이었다. 어떻게든 은신처를 마련할 수 있을 거라며 급히 집을 나서는 김상헌을 따라 나도 나섰다. 속초에 도착해서야 김상헌은 그때까지 자신이 슬리퍼 차림이었다는 걸 알았다.

우리는 김상헌 인척의 도움으로 바닷가 빈집에 들었다. 김상헌은 내내 전구를 갈고 이부자리를 얻어오고 며칠분의 식량을 구해 오느라 바빴다. 그사이 바람이 점점 거세지고 파도가 높아졌다.

"늘 신세를 집니다. 결코 잊지 않겠습니다."

김상헌에게 주은후가 깍듯이 말했다.

"단전이 안 돼서 그나마 다행이에요. 모터 펌프도 정상으로 작동되고."

김상헌이 말했다.

"그룹에서는 제가 이런 식으로 움직이는 것을 반대합니다. 왜 그러는지는 상헌 씨도 짐작하리라 믿어요. 하지만 어느덧 저는 1년 가까이 상헌 씨에게 신세를 지고 있습니다. 저에겐 무엇보다 안전이 중요한데 지금은 상헌 씨보다 더 안전한 의지처는 없습니다. 상헌 씨는 언제나 정확하고 신속하니까요. 늘 감사합니다."

"저는 이런저런 거 잘 몰라요. 힘이 닿는 한 은후 씨를 보호하려고 할 뿐이죠. 희린 씨가 그걸 원하니까요. 그뿐이에요. 도움이 되었다면 그건 희린 씨가 도운 거예요."

김상헌이 고개를 돌려 나를 바라보았다. 나도 김상헌을 바라보았다.

겸손하고 믿음직한 말과는 달리 김상헌의 표정은 어딘가 굳어 있었다. 역시 바닷바람 때문인 걸까. 아닌 게 아니라 그는 나와 주은후가 이야기를 나누는 동안 거친 바람 한가운데 홀로 서 있었다. 오래 서 있었다. 너무 오래 그를 그곳에 혼자 두었던 건 아니었을까.

"들어가 쉬어요, 희린 씨. 내일 일찍 올라가려면."

김상헌이 나에게 말했다. 그 말을 하려고 일부러 나와 주은후 쪽으로 온 것 같았다. 김상헌과 나는 다음 날 일찍 서울로 돌아가야 했다.

"바람이 차가워요."

김상헌이 다시 말했다. 그리고 다가와 내 손을 꼭 쥐고는 천천히 집 쪽으로 이끌었다.

나는 고개를 돌려 주은후를 바라보았다. 그와 눈이 마주쳤다. 주은후는 거기 서 있었다. 아까 김상헌이 거친 바닷바람을 맞고 홀로 오래 서 있었듯이 그도 그곳에 오래 멈추어 있을 것만 같았다.

이번에는 주은후의 등 뒤로 거친 파도가 일고 바람이 불고 바다가 들끓었다.

형에게

① 그 우체국에 와서 형에게 편지를 써요. 유치환이 이영도에게 편지를 보냈다는 우체국이요. 이번에는 엽서예요. 엽서를 써보려고요. Tolo의 그녀가 쓰는 것 같은 관제엽서.

부치지는 않고 써두기만 했던 그동안의 편지를 큰 봉투에 넣어서 조금 전 형한테 등기로 보내버렸어요. 분량이 꽤 돼요. 내 편지와 그녀의 글을 한꺼번에 부쳤으니까.

부치고 나니까 어딘가 아쉬웠는지 '에메랄드빛 하늘이 환히 내다뵈는 우체국 창문 앞에 와서' 형에게 또 편지를 쓰네요. 어쩌면 이 도시에서의 마지막 편지가 될지도 몰라요. 이제 벚꽃이 저렇게 활짝 피었으니까요. 저 꽃이 다 지기 전에 이곳을 떠나게 될 테니까.

엽서는 지면이 작아서 쓸 나위가 없네요. 그래도 엽서 쓰는 맛은 어딘가 좀 다르네요. 아예 몇 장 더 사와야겠다.

② 이리저리 떠돌면서 형에게 가끔 휴대폰 문자를 보내긴 했지만 이토록 긴 편지를 쓰기는 처음이네요. 왜 아니겠어요. 이곳은 그녀가 있는 곳이잖아요. 그녀가. 그러니까 앞으로도 이런 경우는 다시 없겠죠. 역시 문자로나 겨우 두어 줄 보내고 그러겠죠. 형도 그게 지겹지 않아 좋을 테고.

박솔의 주례를 본 뒤 곧 이곳을 떠나게 될 것 같아요. 그동안 형한테 잔뜩 편지를 써놓고 부치지 못했던 건 신중하려고 그랬어요. 낭패를 겪지 않기 위해. 물론 박솔을 만나 그의 표정이며 눈빛이며 목소리를 듣는 순간 모든 게 확연해지는 듯했지만 글 쓰는 팔자라 그런지 좀더 쓰고 싶더라고요.

유치환 때나 지금이나 우체국이라는 덴 좋은 것 같아요. '행길을 향한 문으로 숱한 사람들이 제각기 한 가지씩 생각에 족한 얼굴로 와선 총총히 우표를 사고' 택배 발송장을 받고 '먼 고향으로 또는 그리운 사람께로 슬프고 즐겁고 다정한 사연들을 보내'니까요.

우편엽서가 한 장에 얼마인지 형은 알아요? 사백 원이네요.

③ 형은 커피나 아이스크림을 잘 만드나요? 서울 살 때 혹시 직업이 그거였나요? 그랬을지도 모른다는 생각이 이제야 드네요. 정선에서 새벽에 형이 타온 커피를 마시면서도 음, 보온병에 커피

를 넣어 다니는 남자군, 하고 삐딱하게만 생각했거든요. 에티오피아 커피와 산양유 아이스크림을 만들던 사람이 대한민국 전통 전각의 맥을 잇는 전각장이 된 게 아닐까, 이제야 그런 생각이 들다니. Tolo에서 그녀가 내려주는 맛있는 커피를 마시면서도 형의 정선 커피를 떠올리지 못했거든요.

　오늘 내가 보낸 우편물을 받거든 잘 받았다고 나처럼 이렇게 멋진 엽서를 보내주거나 휴대폰 문자를 주거나 전화를 줘요. 나와 함께 어디 좀 잠깐 다녀옵시다.

#14

주은후가 물었다.

"생각나? 우리 첫날. 처음 만났던 날 말고…… 그 첫날 말야. 그날, 네가 날 기다렸던 곳이 어디였는지 기억나?"

"마포."

내가 대답했다.

"그래 마포였어. 마포 어디였는지 알아?"

그는 흥분해 있었고, 한도 끝도 없이 그런 퀴즈를 낼 것 같았다. 아무도 모르는, 그와 나만 아는 퀴즈. 그래서 너무도 쉬운 퀴즈를.

파도는 초저녁보다 훨씬 사나워져 있었다. 저만치 막막한 어둠 속으로 밀려났던 파도가 벼르듯 다시 달려와 해벽을 때릴 때마다 땅이 흔들리는 것 같았다. 사나운 바닷바람이 뺨과 귓불을 스치고 파도가 큰 소리를 내며 부서졌으므로 주은후의 목소리도 자꾸만 커지고 격해졌다.

"알지? 마포 어디였지?"

"도원빌딩 앞."

대답하자마자 7월의 도원빌딩이 거짓말처럼 생생하게 떠올랐다. 대로를 향한 1층 카페 야외 테이블에 앉아 그를 기다리던 몇십 분. 그는 근처 녹음 스튜디오에서 졸업생 선배를 만나던 중이었다.

지금 마폰데, 와줄 수 있어? 그의 그 한마디에 무작정 달려갔던 날. 7월 19일이었다. 그날과 그날의 장소들이 잊힐 리 없었다. 그날 그는 40분이나 기다리게 했으나 나는 한 치도 지루하지 않았다.

"그리고 갔던 데는? 거기서 우리 굉장히 의기투합했었잖아. 어?"

바람과 파도 때문이기는 했지만 주은후는 큰 소리로 말했다. 소리 질렀다. 누구에게랄 것도 없이, 화가 난 것 같기도 하고 한탄하는 것 같기도 하고 책망하는 것 같기도 했다. 그 소리는 그러나 또 바람과 파도에 속속 먹혔다. 그의 목소리가 더 커졌다.

"가자고, 어디든 가자고 우리가 막 의기투합했잖아, 거기서."

"길 건너, 카페 재즈."

바람이 불어 내 목소리도 묻혔다. 그러나 그는 들었다. 안 들어도 알 수 있었을 테니까.

"응. 재즈에서 뛰쳐나와 헤맸어. 우리 그랬어. 내가 여기저기 미친 듯 헤매고 너는 어두워진 플라타너스 아래서 기다렸지. 아, 그동네. 좁고 어둡고 지저분한 데밖에 없었어. 장기 투숙자들이 어두운 복도를 오가는, 그런 곳밖에."

그날처럼 주은후는 서두르고 허둥댔다. 날 붙들고 날 흔들면서 기억나? 생각나? 하고 물었다. 파도의 물 알갱이가 날아와 우리의 머리와 뺨을 적셨다.

그날 저문 플라타너스 아래서 나는 그냥 놔두면 터져버릴 것 같은 마음을 꼭꼭 옥죄고 있었다. 그는 목숨 건 시위대처럼 숨을 몰아쉬며 이곳저곳을 설치다가 지나가는 택시를 붙잡고 시내로요! 라고 소리쳤다.

시내로요! 라고 말했을 뿐인데도 택시 기사는 말없이 광화문 방면으로 빠르게 차를 몰아주었다. 두 청춘남녀가 심정적으로 어떤 지경에 이르렀는지 다 안다는 듯이.

카페 재즈에서 의기투합한 순간 이후로 우리는 오로지, 단지, 상기되어 있었다. 달뜬 열기 때문인지 뇌가 제대로 작동하지 않아 덤벙댔다. 그럼에도 불구하고 마포대교 북단에서 새문안로 정동 사거리에 이르는 동안 숙박업소 간판의 불빛은 하나도 놓치지 않았다.

까칠한 택시 기사였다면 마포도 시낸데요? 하고 되물었을 거라며 한때 그와 나는 그날의 그때를 떠올리며 몇 번인가 크게 웃었던 적도 있었다.

똑같이 그날의 그때를 떠올리는 거였는데도 주은후는 조금도 웃지 않았다. 바람이 불고 파도가 치는 어두운 바닷가라서였을까. 땀과 물 알갱이와 눈물인가로 범벅된 얼굴로 주은후는 파도와 바람 소리에 맞서 소리쳤다. 급박했지만 달콤했던 그날의 순간순간들을 하나하나 떠올리며 악을 쓰듯 나에게 물었다. 생각나? 기억나?

전날, 주은후를 밖에 둔 채 나는 김상헌의 손에 이끌려 방으로 들어갔다. 빈집이었지만 그다지 오래 비워뒀던 집은 아니어서 눅눅하지도 냄새 같은 것도 나지 않았다.

속초에 도착하자마자 김상헌이 기름보일러에 석유부터 사다 넣었기 때문에 바닥은 따뜻했다. 하룻밤 자는 데 아무 문제 없었을 뿐더러, 언제까지일지 모르지만 주은후가 은신하기에도 문제될 건 없어 보였다.

김상헌과 방안에 나란히 누웠다. 누워도 바깥의 바람 소리와 파도 소리는 여전했으나 벽을 사이에 두고 듣는 소리라 아무래도 사납거나 무섭지는 않았다. 잠이 들었는지 안 들었는지 알 수는 없었지만 곁에 누운 김상헌은 숨소리조차 내지 않았다.

좀처럼 잠이 오지 않았다.

지붕을 타고 넘는 바람 소리를 들었다. 해안을 때리는 파도 소리가 땅 밑을 타고 전해져 장판 아래서 웅웅거렸다. 시간이 갈수록 청각이 예민해졌다.

바람 소리 파도 소리는 소리에 그치지 않고 영상을 만들어냈다. 소리는 낮에 보았던 해변의 새들, 저녁에 보았던 커다란 너울, 바람 때문에 한쪽으로만 눕던 여린 소나무들의 검은 그림자를 오롯이 그려냈다.

주은후는 건넌방에 들었을까. 그가 마루를 지나 그의 방으로 드는 기척을 느끼지 못했다. 소리로 보이는 바대로라면 주은후는 아까 그 자리에 바람을 맞으며 서 있었다.

그 광경은 갈수록 선명해졌고 선명해질수록 잠은 오지 않았으며, 소리가 변하여 영상이 된 밤 풍경은 다시 소리로 변해 나를 불렀다. 그 소리는 혼령의 손길 같았다. 곁에 누가 누워 있든 내 의지가 어떻든 나를 일으켜 세우고 마는 혼령.

나는 일어나서 창가로 다가갔고, 창밖의 풍경을 내다보는 내가 또다른 혼령인 것만 같았다.

창밖 저 멀리 그가 있었다. 주은후는 아까 있던 그 자리, 그리 오랜 시간이 지난 건 아니지만 자정이 넘었으므로 전날이 되어버린 아까의 그 자리에 서서 김상헌이 그랬듯 어두운 바다를 하염없이 바라보았다. 그 광경은 내가 김상헌의 곁에 누워 소리로써 떠올렸던 그림과 완전하게 일치했다.

나는 상헌의 곁에 나를 뉘어놓은 채, 혼령이 되어 밖으로 나갔다. 주은후에게 다가갔다. 그가 기대했다는 듯이, 아니면 의외라는 듯이 나를 바라보았을 때 나는 내가 혼령이 아니라는 사실을 알았다.

"희린아, 기억나? 창밖으로 경향신문 빌딩이 바라다보이던 방. 7월인데 에어컨도 없었잖아."

주은후가 말했다. 그는 우는 것 같았다.

"에어컨 그런 거 흔치 않던 시절이었어, 오빠. 우린 그렇게 오래되었다고. 아주 오래되었잖아. 아주. 너무."

슬펐지만 나는 울지 않았다.

"시간이 아무리 흘러도 생생한 건 생생할 수밖에 없어. 우리에게 생생한 건 어쩔 수 없이 생생한 거야. 희린이 너도 알고 있잖니. 도원빌딩도 카페 재즈도, 다."

"잊히지 않으니까."

"유치한 진리에 발 동동 구르며 다짐하던 걸 생각하면 나는 그날이 어제 같아."

유치한 진리, 라고 그가 말했다. 그날 그 말을 하던 때의 주은후 그대로였다. 세찬 바닷바람에 굵은 빗방울이 섞이기 시작했다.

"너 없이는 살 수 없을 거라던 고백 같은 거. 이토록 매번 너에게 스며들어 형체도 없이 사라지고 싶다던 말들. 그런 게 다 어제의 일이었던 것처럼 내 귀와 뺨과 손등이 생생하게 기억해."

"죽음이 우리를 갈라놓을 때까지 헤어질 수 없을 거라던 오빠의 말은 눈곱만큼도 유치하지 않았어."

"지금도 그래. 그런데 우린 어째서 이렇게 돼 있는 걸까?"

"오빠가 떠났고, 돌아오지 않았어."

"알아. 하지만 나는 너를 한시도 떠난 적이 없었어. 정말 한시
도. 내 말을 네가 모르지 않을 거라 생각해. 너도 나를 떠나보낸
적이 없었잖니. 그랬잖아, 희린아. 우린 안 헤어졌어."

"하지만 죽었잖아. 오빠는 죽었잖아!"

바람에 섞여 날아온 빗방울이 이마에 떨어질 때마다 돌멩이에
맞은 듯 아팠다. 오빠는 죽었잖아! 나는 아파 소리 질렀다. 거대한
바다는 아무래도 아침이 오기 전에 통째로 뒤집힐 것만 같았다.

내가 외치자 주은후는 울부짖음을 멈추고 나를 바라보았다.
이미 울고 있었으나 그의 부릅뜬 붉은 눈에서 한 줄기 눈물이 내
뻗쳤다. 비와 눈물로 번들거리는 그의 얼굴이 금방이라도 터질 것
처럼 부풀었다.

그런 눈물은 처음이었다. 주삿바늘 끝에서 내뻗치는 것처럼 가
늘지만 투명하고 세찬 눈물 줄기가 충혈된 그의 한쪽 눈에서 뿜
어져 나왔다. 사나운 바람에도 꺾이지 않고 그것은 곧장 내 얼굴
에 날아와 닿았다.

나는 그의 소리 없는 흐느낌을 느꼈다. 말이 억눌려 생긴 열기
를 느꼈다. 몸의 떨림과 불규칙한 숨을 느꼈다.

그런 그를 느끼는 것이 내 입술이라는 사실은 좀더 나중에야

알았다. 그의 흐느낌과 열기와 숨결이 어느 틈에 한꺼번에 나에게 와 닿았는지 몰랐다. 저쪽 바람과 어둠 속에서 이쪽을 응시하는 김상헌을 내 눈이 발견할 때까지 나는 내가 무엇으로 주은후를 느끼는지 알지 못했다.

김상헌은 장승처럼 서 있었다. 그의 눈과 마주쳤다. 주은후는 나를 향하고 있었기 때문에 등 뒤의 김상헌을 보지 못했다. 내 입술이 주은후의 젖은 입술에 닿아 있다는 사실을 깨달은 것은 그때였다.

빗방울이 더 굵어졌다. 빗물이 차가워서 주은후의 열기가 고스란히 느껴졌다. 낯설고 서러워 피하고 싶지만 꼼짝 못하게 하는 이상한 온기. 나는 또다른 장승처럼 뻣뻣하게 얼어붙어 있었다. 도무지 끝날 것 같지 않은 순간이었다.

한낮의 일성호가

◇

　처음에는 악기 소리인 줄 알았다. 이로 씨는 그것이 무슨 소리이든 상관하지 않았다. 하늘 낮게 몇 마리의 갈매기가 날고 있었으므로 갈매기인가? 하고 생각했을 뿐이다.

　그런데 소리가 그치지 않았다. 갈매기 우는 소리는 아니었다. 피리 소리 같았다. 그런가? 이로 씨는 고개를 돌려 사방을 둘러보고 호오, 과연! 탄사를 뱉었다.

　그런가? 어쩌면 이게 그건가? 일성호가? 그런 생각이 문득 들었던 것이다. 이로 씨는 자신이 이순신 공원의 작은 백사장을 앞에 두고 있다는 사실을 새삼 깨달았다. 즐겨 산책하던 코스였으나 묘한 소리 때문에 새삼스러워졌던 것.

　바로 눈앞이 한산섬이었다. 이순신 공원의 위치는 그랬다. 눈앞에 한산섬이 딱 보이는 곳. 한산섬 이순신 사령부의 망루에 걸린 그 시를 떠올릴 때마다 이로 씨는 궁금했었다. 어디서 일성호가는 남의 애를 끊나니.

일성호가一聲胡笳. 한 곡조의 피리 소리. 그런데 그 '호가'라는 게 어떻게 생긴 피리인지 그래서 어떤 소리가 난다는 건지 상상이 되지 않았다. 여러 피리 소리의 평균적 음색이라는 건 있을 수 없었다. 그래서 늘 궁금했는데 이순신 공원이라서, 음, 그래서 그 소리를 저렇게 들려주는구나.

하지만 아니었다. 그건 사람의 소리였고, 울음소리였다. 이로 씨는 한참을 듣다가 그 사실을 알아버렸다. 여자의 울음소리.

이로 씨는 백사장 둔덕, 그러니까 이제 막 돋아난 새 풀밭 위에 한껏 비스듬히 누워 바다를 보거나 하늘을 보거나 했다. 아주 좋은 계절, 아주 좋은 날씨, 아주 좋은 포즈라고 스스로 만족해하면서. 그렇지. 내가 좀 이러려고 이곳에 온 거지. 최고야. 흡족하던 차에 그 소리를 들었던 것이다.

그가 바라보는 하늘에는 간간히 갈매기가 날기도 했지만 벚꽃 잎이 뭉텅뭉텅 흐드득흐드득 날았다. 풀밭에 누워 눈부신 하늘에 흩어지는 벚꽃 잎을 보노라면 그것이 아무리 희디희더라도 검게 보였다. 검은 점들이 꽃잎인지 벌 떼인지 모르게 사방으로 회오리치며 흩어졌다.

갈매기 소리인가 일성호가인가 하다가, 새봄의 초록과는 어딘지 썩 안 어울린다 싶은 색상을 저쪽에서 발견하고는 소리의 진원이 그곳임을 깨달았다. 빨강에 핑크가 섞여 외려 더 빨개 보이는 다홍의 한 점에서 쉼 없이 소리가 새어나왔던 것.

좀 멀어서 형태가 불분명했으나 하여튼 그 다홍의 거푸집은 매미의 소리집처럼 떨거나 수축하면서 명주실처럼 빛나고 길고 투명한 소리를 하염없이 뽑아냈다. 숨죽여 그 모양을 관찰하던 이로 씨는 허어억, 숨을 삼키며 손으로 다급하게 자신의 입을 가렸다.

유심히 본 다홍의 한 점은 여성이었고, 자세히 본 그 여성은 벨이었다. 벨.

벨이, 이순신 공원에서, 일성호가처럼, 울고 있었다.

무슨 일일까. 어째서 그녀는 바다 망망 하늘 망망 인적 드문 이곳에 와서 혼자 울고 있는 걸까.

이로 씨는 그녀의 울음이 언제 그칠까 궁금했다. 너무 길게 울어서 그랬다. 그러나 울음은 그치지 않았고 이로 씨는 자꾸 목이 말라 마른침을 삼켰다. 너무 오래 우는걸. 이건 너무 긴걸. 믿을 수 없어, 저토록 기계처럼 쉬지 않고 울다니.

듣고 있다 보니 울음은 점점 더 그칠 것 같지 않았고 지구가 몇 바퀴나 삥삥 돌 동안 계속될 것만 같았다. 이로 씨는 슬슬 겁이 났고 안절부절못했고 울컥울컥 슬퍼졌다.

그녀에게 다가가 위로할 수 없었다. 울음을 그치게 하는 것이 삥삥 도는 지구를 멈추어 우주적 재앙을 일으키는 일처럼, 왠지 정말 그런 일처럼 여겨졌기 때문이었다.

행여 그녀가 눈치라도 챌까 봐 이로 씨는 아까 비스듬히 누운 자세 그대로 꼼짝하지 않았다. 그녀의 울음을 방해하지 않기 위해 사물인 채로 멈춰 있는 시간이 고통스러우면서도 웬일일까, 정말 웬일인지 조금은 흐뭇했다.

오, 이게 갑자기 무슨 시추에이션이람? 학창 시절의 개그가 신음처럼 흘러나왔지만 웃음까지 묻어나지는 않았다. 나름 이로 씨도 심각했다. 이로 씨뿐만 아니라 그녀의 울음이 미치는 곳의 모든 사물들이 그녀의 울음을 존중해 숙연히 동작을 멈춘 것 같았다.

이러고 있는 거 정말 힘들어. 아, 언제 그쳐주려나 저 울음이.

울음은 아니었어도 이로 씨는 그와 같은 뺄의 모습을 언젠가 한 번 본 적이 있었다. 작게 쪼그려 앉아서 두 무릎을 감싸 안은 모습. 철시한 중앙시장통에서 밤늦게. 그때도 아, 다홍이었다. 하긴 언제나 다홍이긴 했지만.

깜짝 놀랐다. 어두운 길가에 웅크린 것은 무엇이든 사람을 놀라게 하는 것 아니던가. 그때도 울었던지 그녀의 한쪽 뺨에 묽은 아이라이너 줄이 세로로 그어져 있었다. 이로 씨를 쳐다보는 눈의 흰자위가 수은 가로등에 비쳐 희번덕거렸으나 그때도 웬일일까, 정말 웬일인지 그녀가 무섭지는 않고 아, 이 사람도 이럴 때가 있구나 했었다.

이로 씨는 그때 좀 엉뚱하게도 고향의 한 사찰 대웅전의 붉은 나부를 떠올렸던가. 웅크리고 앉은 뱀의 모양과 색깔이 사찰의 나부와 똑같아서였을지도.

대웅전을 짓던 도편수가 아랫마을 주모를 사랑하여 돈과 집물을 맡겼는데 주모가 다른 사내와 눈이 맞아 몽땅 갖고 튀었다는 전설의 붉은 나부상. 도편수는 그녀의 벌거벗은 형상을 나무로 깎아 대웅전 추녀의 네 귀퉁이에 웅크려 앉게 함으로써 영원토록 무거운 지붕을 이는 형벌을 내렸다.

뱀은 그날 아무 일 없었다는 듯 몸을 털고 일어나 좀더 어두운 골목 저쪽으로 천천히 멀어졌다. 그녀는 어떤 대가의 형벌을 받는 걸까. 아니 어쩌면 모두는, 나도 마찬가지로 늘 그런 형벌 안에 있으면서 미욱하여 미처 형벌인 줄 모르고 사는 것 아닐까.

이로 씨는 어두운 거리를 걸어 월세방으로 돌아가며 혼자 중얼거렸다. 사람이 진정으로 깨닫는 순간이란 주체할 수 없이 슬퍼지는 순간뿐일지도 모른다고.

벚꽃 날리는 한낮, 뱀의 울음은 그치지 않았다. 울음이라는 것. 울음과 웃음이 오래 버티기 시합을 한다면 승리는 단연 울음이 차지할 거라고 이로 씨는 확신했다. 몇 사람의 웃음을 이어 붙여도 한 사람의 울음을 따라잡지 못할 거라고.

해가 설핏 기울었으나 뱀의 울음은 그칠 줄 몰랐다. 무언가의 끝, 바닥에 육박해 버리려는 몸부림. 끝도 없이 한계를 넘어버려 이제 더는 거부할 수조차 없고, 듣는 사람으로 하여금 체념하여

모름지기 울음소리에 순응하게 하고, 마침내는 깨끗하고 어딘가 시원해지게까지 만드는 긴긴 울음.

애끊는 한 곡조의 일성호가치고는 너무 길어서, 끊겼던 애가 도리어 길고 질기게 다시 붙어 하늘과 바다와 공원을 친친 감고 또 감는 것 같았다.

하염없는 울음이 이로 씨를 울적하게 했다. 나는 지금 여기서 무얼 하나. 꼼짝없이. 여기가 어딘가. 여기란 무언가. 모든 게 아득하고 아득타. 혼자 속으로 중얼거릴 뿐 이로 씨는 아무 소리도 낼 수 없었다. 그녀의 울음은 기이했고 뜻 모를 사태 같았다.

벚꽃 잎도 거짓말처럼 울음의 결을 따라 흩날렸다. 새 떼의 군무 같은 허공의 벚꽃 잎들, 그 미묘한 광경을 바라보며 이로 씨는 생각에 잠겼다.

그녀에게 무슨 일이 있었던 걸까. 어떤 일이 그녀를 울린 걸까. 별일이 있어서가 아니라 혹시 별일이 없어서 저토록 우는 것은 아닐까.

이때껏 그녀를 재촉해 왔던 숱한 생의 부면들이 어느 순간 허망하고 무상하여 빈 찻잔 내려놓듯 목을 놓아버린 것은 아닐까. 진정으로 슬퍼지는 순간이야말로 진정으로 자유로운 순간이 아닐까.

이로 씨는 이래저래 꼼짝할 수 없었다. 그것이 슬픔이든 자유든, 그녀의 울음을 방해할 수 없다는 생각뿐이었다.

얄궂네.

이로 씨는 웃었다.

그래, 이곳은 매사가 이런 식이지. 울음의 빛 때문에 더 그럴싸해지는 풍경이라니. 이순신이 왜적을 물리친 곳인데도 사쿠라가 이토록 못내 눈부시다니.

봄날의 그런 오후가 가고 있었다.

#15

나는 몰랐다. 내가 그토록 오래 울고 있었다는 사실을.

이틀 동안 나는 의식을 차리지 못했고 그 이틀 내내 감긴 눈에서는 눈물만 흘렀다. 그랬다고 간호사가 말해 주었다.

"그런데 의식이 돌아오자 환자분의 눈물이 멈추었어요."

간호사는 환한 미소를 보이며 내 머리맡에다 약봉지를 놓아주었다.

"환자분 성함은요?"

그녀가 물었고

"박······희린이요."

내가 대답했다.

"명찰을 갈아드릴게요. ER2에서 박희린으로."

의식이 없는 동안 내 이름은 ER2였다.

"나머지 인적 사항은 조금 뒤에 작성해 주시고요."

간호사가 경쾌하게 말했다.

그녀가 병실 문을 열고 나갈 때 문틈으로 밝은 햇살이 들이비쳤다. 간호사의 종아리가 투명하게 빛나다가 문이 닫히며 사라졌다.

나는 손끝으로 눈자위와 뺨을 더듬었다. 마른 눈물 자국이 거칠했다. 바깥이 보고 싶어 창문 쪽으로 몸을 틀었다. 거기에 막 도착한 이른 가을이 있었다. 겨자색으로 물든 떡갈나무가 보였다.

여기가 어딜까. 여기가 어디지? 나는 왜 떡갈나무 숲이 바라다보이는 병원의 침상에 ER2로 누워 있었던 걸까. 나는 나에게 물었다. 비로소 눈물이 멈추었고 정신이 돌아온 거였다.

이틀 전의 일들이 아주 오래된 기억처럼 희미하게 떠올랐다. 떠올리려 하면 안 떠올랐고 가을볕에 물든 떡갈나무 숲을 무연히 바라보고 있으면 아주 조금씩 되살아났다.

기억에도 나름의 정해진 회상 속도라는 게 있는 것일까. 나는 창밖을 바라보며 그것이 제 속도를 갖고 되살아나도록 내버려두었다. 애써 무언가를 떠올릴 만큼의 기력도 내겐 남아 있지 않았다.

창밖의 가을볕 때문인지 다시 눈물이 흘렀다. 눈물 마른 자국 위로 소리 없이 따뜻한 눈물이 흘러내렸다. 어쩌면 나는 그때부터 눈물을 흘리고 있었던 건지도 몰랐다. 그때. 그와 헤어져 돌아오던 버스 안에서부터.

나는 버스 운전기사에게 소리를 질러 버스를 멈추게 했고 뛰어내렸다. 벼가 익어가는 드넓은 들판 한가운데였다. 반대 방향으로 가는 버스가 언제 올지 알 수 없었다. 그때 이미 내 뺨은 눈물로 젖어 있었다.

주은후와 헤어져 버스에 올랐고 시골의 군내버스는 가을 풍경 속을 달렸다. 노인들이 타서 자리에 앉을 때까지 기사는 출발하지 않고 가만히 기다려주었다. 살아 있는 닭이 든 그물바구니를 안고 타는 노인도 있었다. 배추와 총각무의 풋내가 버스 안에 가득했다.

버스, 기사, 산 닭, 배추와 총각무, 드넓은 들판…… 하나의 기억이 다른 기억을 불러냈다. 회상 속도도 조금씩 빨라졌다.

버스는 낡아서 엔진 소리도 크고 건들건들 필요 이상으로 흔들렸으나 버스 안은 대체적으로 밝고 아늑하고 평온했다. 그때 불길한 느낌 하나가 내 안에 총알처럼 날아와 박혀 아뜩해졌고, 나도 모르게 소리를 질렀고, 버스가 정차했다. 어디인지도 모르고 무작정 버스에서 뛰어내렸다.

주은후와 헤어져 식당을 나와 버스가 다니는 큰길까지 걸어나오다가 마주 오는 남자 둘과 하마터면 부딪칠 뻔했다. 남자 둘은 서둘러 나에게 사과의 손짓을 보내고 식당 쪽으로 걸음을 옮겼다.

나는 잠깐 그들의 뒷모습을 바라보았다. 식당이라곤 했으나 지붕에는 연두색 박까지 열린 흔한 시골집이었다. 손님도 뜸했다. 나는 그곳에서 주은후와 버섯찌개를 먹고 자판기 커피를 마시며 오래 얘기했다. 식당 주인이 뒤란에서 땄다며 붉은 기운이 막 돌기 시작한 풋사과를 가져다주어 한 개씩 껍질째 먹었다.

주은후든 나든 더 오래 있고 싶었으나 주은후를 식당에 남겨두고 나 먼저 길을 나섰다. 서울은 꽤 먼 거리였다. 우리가 늘 만나고 헤어지는 방식이기도 했다. 어떤 식으로든 주은후는 이동 거리를 짧게 하고 노출을 극히 꺼렸다. 내가 먼저 가고 나면 그는 그만의 방식으로 신속하고 은밀하게 이동했다.

식당으로 향하던 두 남자의 뒷모습이 먼저 떠올랐다. 그리고 그들과 부딪칠 뻔했던 직전의 상황이 떠올랐다. 그들이 보였던 사과의 손짓. 그리고 그들의 눈빛.

왜 그때야 떠올랐을까. 왜 그때야. 산 닭이 푸드덕거리고 배추와 총각무의 풋내가 가득한 버스 안에서야. 나는 망망한 들판에 홀로 서서 발 동동 구르며 반대편 버스가 나타나기만 기다렸다. 숨이 잘 쉬어지지 않았다. 불길했던 두 남자. 눈에서 다시 눈물이 흐르기 시작했다.

그 식당에 도착했을 때 주인 말고는 아무도 없었다. 나를 보자 주인 남자가 놀라 큰 소리로 물었다.

"어찌 됐어요?"

내가 물을 말을 그가 했다. 그의 목소리와 눈빛에서 심상치 않았을 상황이 고스란히 전해졌다. 버스를 타고 되돌아오며 몇 번이고 상상하고 상상했던, 그리고 또 몇 번이고 지우고 지워버렸던 상황이었다.

"어떻게 된 건데요?"

내가 물었다. 주인 남자도 내 목소리와 눈빛에서 사정을 읽었을 것이다.

"도망치다 물에 빠졌잖아요, 물에. 검은 차가 건져 실어갔는데 어찌 됐는지는 나도 몰라요."

주은후와 내가 앉았던 식당 테이블에는 살짝 변색은 됐어도 우리가 먹고 남긴 풋사과의 씨방이 그때까지 그대로 남아 있었다. 그걸 보자 숨이 막혀버리는 것 같았다.

주인 남자가 오토바이를 태워줘 가까운 파출소로 갔으나 그곳의 누구도 조금 전의 사태를 파악하지 못하고 있었다. 그들의 표정은 의심할 나위도 없는 금시초문 바로 그것이었고 본서에 전화 문의를 하고 나서도 그들의 표정은 조금도 달라지지 않았다.

"경찰이었나요, 그들이? 데려갔다는, 건져 갔댔나?"

파출소장이 나른한 목소리로 물었다.

"한눈에 그렇게 보였어요."

주인 남자가 대답했다. 나는 숨도 말도 제대로 내뱉지 못한 채 진말파출소라고 쓰인 팻말을 쏘아보았다.

"이름이 무엇입니까?"

파출소장이 나에게 물었다.

"박, 희린……."

겨우 대답했다.

"아, 말고. 그 사람이요. 물에 빠졌다는."

나는 망설였지만 이미 피할 수 없는 상황이라는 걸 알았다.

소장이 그의 이름을 컴퓨터에 입력하고 한참 지나 아아, 하고 하품하듯 입을 뗐다.

"이거라면 아아, 본서나 경찰청에 가도 소용없어요."

그는 여전히 나른했다.

"치안본부로……에, 에, 가셔야 할 것 같은데."

나를 바라보는 안경알 속 소장의 눈이 몽롱했다.

식당 주인 남자가 물었다.

"여기선 확인이 안 되나요?"

"아아, 이건 계통이 달라요. 직접 가서 확인하는 게 제일 빠를 걸요."

주인 남자가 나를 바라보았다. 나는 어지러웠고, 어찌해야 할지 몰랐다.

"터미널까지 바래다 드릴게요."

주인 남자가 말했다.

걸을 힘도 없었지만 나는 고개를 끄덕이고 겨우 그의 오토바이에 올랐다.

치안본부라니.

그때 주은후가 했던 말이 불쑥 떠올랐고 이명처럼 메아리쳤다.

'감쪽같이 죽여버리는 거지.'

'감쪽같이 죽여버리는 거지.'

오토바이가 막 출발하려는데 진말파출소장이 뛰어나와 큰 소
리로 말했다.

"죽었다는데요. 이미 죽었대요, 그 사람."

나는 오토바이에서 떨어져 내렸을 것이다.

그 뒤로는 아무 기억도 없으니까.

◇

　김재원은 고개를 들어 하늘을 오래 올려다보았다. 그리고 천천히 주위를 둘러보았다.

　"이곳 마석도 곧 벚꽃 천지가 되겠네."

　"벚꽃이 활짝 피면 필수록 왠지 이곳은 더 고즈넉해질 것 같아요."

　이로 씨가 말했다.

　둘은 나란히 오랫동안 한 방향을 바라보고 서 있었다.

　"인파 속에 피고 지는 진해의 벚꽃과는 아무래도 다르겠죠."

　"아무도 보는 이 없는 개화나 낙화가 벚꽃의 진면목일지도 몰라요."

　"형."

김재원이 불렀고,

"네."

이로 씨가 대답했다.

"벚꽃이 몹시 괴로울 때가 있었죠. 세상천지가 벚꽃이었고 내가 살던 집의 창밖에도 벚꽃이 피었는데, 밤에도 벚꽃은 활짝 눈을 뜨고 있었어요. 깜깜한 밤에도 창밖 쪽은 환했으니까."

"형 혼자 살던 집은 아니었죠."

"그래서 괴로웠던 거죠. 벚꽃을 함께 봤다면 괴롭거나 무서울 일이 뭐 있었겠어요. 벚꽃은 말이에요……."

"네."

"고개를 쓱 들이밀고 방안에 혼자 있는 나를 들여다봤어요."

"형이 꽃을 본 게 아니라 꽃이 형을 본 거네요."

"그게 그렇게 괴롭더라고. 무섭고."

"혼자였으니까. 무엇보다 돌아와야 할 사람이 돌아올 시각을 넘겨버렸으니까. 어둠 속에 눈 부릅뜬 벚꽃만 성성하고."

"이제 형한테는 비밀이고 뭐고 없네."

"비밀에 자기만의 것은 없다고 했다더라고요, 연산군이."

"연산군이 그랬대요?"

"나도 누구한테 들은 거예요. 광해군이랬던가?"

"형도 참……. 하여튼 나도 그게 그렇게 힘든 건 줄 몰랐어요. 죽을 것만 같았거든."

"돌아와야 할 사람이 돌아오지 않으니까요. 여자가. 사랑하는 내 여자가. 다른 남자 만나느라. 벚꽃 환한 밤에."

"그래요. 맞아. 연산군이든 광해군이든 맞아요. 지난 일이지만 응, 그랬어요."

"중요한 건 형이 그분을 죽을 만큼 사랑했다는 거지. 그래서 진짜 죽을 것 같았던 거고."

"이곳에 오니 어느 해 몹시도 추웠던 12월의 하루가 생각나요."

김재원이 슬쩍 말을 돌렸다.

"12월의 메마른 언덕이요. 듬성듬성 소나무가 있었고 쓰러진 억새 위에 잔설이 있었죠. 지켜보는 이 아무도 없이 안타까운 한 생명의 유해가 버려지듯 흩뿌려졌던 겨울 언덕. 그곳에 비하면 여기는 얼마나 아늑하고, 그날에 비하면 오늘은 얼마나 따뜻한가요."

"그분의 글을 다 읽었으니 형도 이제 그분의 고충을 아시려나?"

"그건 그때도 잘 알고 있었어요. 그래서 죽을 결심으로 그녀를 떠났던 거고. 그녀의 평온을 위해 내가 떠나는 것이 내가 할 수 있는 마지막 사랑이라고 여겼어요. 좀 유치하긴 했지만 비장했고, 지금도 잘못된 선택이었다고는 생각하지 않아요."

"그분이 왜 형을 찾지 않았는지는 생각해 봤어요?"

"……"

김재원은 말없이 고개를 좌우로 흔들었다. 모른다는 뜻인지, 알지만 말 안 하겠다는 뜻인지, 지금 와서 알고 모르고가 무슨 소용이겠냐는 뜻인지 이로 씨는 알 수 없었다. 그러나 이로 씨는 말해 버렸다.

"맞아요. 그래서 형을 안 찾았을 거예요."

그러자 가로젓던 김재원의 고개가 위 아래로 끄덕였다.

말 안 해도 알 수 있고 전해지는 것. 그것은 말 안 하고 전하지 말아야 더 분명해지는 것 아니던가.

이로 씨는 진작 그녀의 원고를 다 읽었고 이제는 김재원도 다 읽은 뒤였다. 차마 찾지는 않았지만 그리워하고 기다렸던 그녀의 심정은 원고의 행간들이 말해 주고 있었다.

김재원과 이로 씨는 금방이라도 터질 듯 부풀어 오른 벚꽃송이 그늘 아래를 천천히 지났다. 그들이 자리를 뜬 곳에는 미농지에 쌓인 탐스러운 흰 국화꽃 한 다발이 놓여 있었다. 모카베이지색의 작고 소박한 대리석 앞에. 주은후의 묘, 라고 적힌 다섯 글자 아래.

#16

식당 주인 남자가 오토바이로 나를 바래다주려 했던 시외버스 터미널. 결국 사흘 만에야 나는 병원을 나와 혼자 그 터미널에서 서울 가는 버스표를 끊었다.

흔들리는 버스에 몸을 실었으나 버스가 어디로 가는지 알지 못했다. 코스모스가 지나고 칸나가 지나고 보라색 맥문동이 빠르게 지나갔다. 들판을 지나고 가로수를 지나고 길가의 많은 촌가들을 지나고 나면 어디에든 닿겠지. 오른쪽 귀와 꼭뒤 사이 바늘로 찌르는 듯한 통증이 지나갔다.

어째서 이번에는 김상헌이 도움을 주지 않았던 걸까. 버스에 흔들리면서 가장 많이 든 생각이었다. 도움을 주지 않았던 것은 아니었다. 김상헌은 여전히 주은후의 동선을 관리했다. 다만 다른 때와 좀 달랐다. 김상헌은 전에 없이 주은후와 나의 만남을 세 번이나 연기시켰다.

경찰 내부자의 정보에 따라 김상헌은 주은후를 도피시키거나 주은후와 나와의 만남을 조율했다. 늘 그런 식이었지만 세 차례나 연기된 것은 처음이었고 연기의 텀도 이전 같지 않게 길었다. 주은후를 만나기로 해놓고도 나는 47일을 더 기다려야 했다.

47일 만에 주은후를 만난 것도 김상헌의 안전 사인이 있어서가 아니었다. 참지 못한 주은후가 위험을 무릅쓰고 만남을 강행했기 때문이었다.

주은후와의 만남이 세 차례나 길게 연기되면서 나는 자연스럽게 어떤 생각 하나에 붙들렸다. 어째서 나는 위험을 무릅쓰고 주은후를 지속적으로 만나려는 것일까. 김상헌은 그 사실을 어떻게 받아들일까…….

이런 나의 반성을 유도해 내기 위해 김상헌이 일부러 만남을 여러 차례 연기한 것은 아닐까 하는 의구심까지 품게 되었다. 그런 의구심이 속초의 밤 이후로 내 안 어딘가에 숨어 있었던 건지도 몰랐다.

속초에서의 그 밤, 잠들 수 없었던 나는 밖으로 나갔고, 주은후의 눈물과 토로를 보고 들었으며, 그의 입술이 내 입술에 닿는 것을 김상헌에게 보이고 말았다.

나는 서둘러 방으로 들어갔으나 주은후와 김상헌은 오랫동안 파도와 바람 속에 남아 있었다. 두 사람이 그때 그곳에서 무슨 얘기를 나누었는지 나는 알지 못했다.

짐작했을 뿐이다. 김상헌이 방안으로 들어왔을 때가 이미 희붐하게 날이 밝기 시작한 즈음이었다는 사실로, 혹은 그의 몸에서 지독한 냉기가 끼치고 있었다는 것으로 그들에게 있었던 분위기를 짐작했을 뿐이다. 서울로 돌아온 뒤에 보였던 김상헌의 말과 표정과 눈빛으로.

김상헌의 위험 신호에도 주은후가 나와의 만남을 무릅썼던 것. 기어이 그랬던 것. 거기에도 속초의 밤이 있었던 것은 아닐까 나는 생각할 수밖에 없었다.

버스가 흔들리는 대로 내 몸도 따라 흔들렸다. 버스는 서울 시내로 진입하고 있었지만 서울 하늘이 낯설었다.

김상헌은 안전하지 않다는 이유로 나와 주은후의 만남을 여러 차례 연기했다. 그가 맞았다. 검거조는 주은후의 위치를 정확히 파악했고 습격했다.

그런데 어째서 김상헌은 식당의 전화번호를 알고 있었으면서 그들의 급습을 알려주지 않았던 걸까. 내부자 지인이 김상헌에게 연락하는 대신 이번에는…… 이번에는 김상헌이 거꾸로 내부자에게 제보한 것이 아닐까.

나는 세차게 세차게 도리질 쳤다. 오른쪽 귀밑과 꼭뒤 사이가 쪼개지듯 아팠다. 김상헌에 대한 나의 무례하고 악의적인 오해였다. 나는 주은후를 보고 싶어 보는 것 아니었던가. 주은후도 내가 보고 싶어 보는 것 아니었던가. 나와 주은후가 과거에 어떤 사이였던가. 지금은 어떤 사이던가. 김상헌의 입장이 조금이라도 배려되었던가. 내가 그리했던가. 그러면서 그런 오해를…….

나의 반성을 유도하기 위해 김상헌이 일부러 세 차례나 연기했다고 하더라도 그에게는 정당한 면이 있었다. 그가 유도하기 전에 내가 먼저 주은후와의 관계를 명확히 하고 만남의 여부를 결정했어야 했던 것 아닌가. 만나지 말아야 했던 거 아닌가. 김상헌은 나와 주은후의 신체 접촉까지 목격한 사람이 아니던가. 세 사람 간의 관계를 주의 깊게 살펴달라는 김상헌의 주문은 조금도 부당하지 않은 것이었다.

그렇담 주은후의 무릅씀은 뭘까. 김상헌의 위험 정보는 정확했고 주은후는 급습을 당했다. 김상헌의 계속되는 위험 경고와 그에 따른 연이은 연기를 자신에 대한 질투로 여겨 만남을 강행했다면 주은후는 어리석은 거였고, 김상헌의 경고를 믿으면서도 더는 미룰 수 없어 만남을 강행했다면 주은후는 무모한 거였다.

죽음을 무릅쓰고까지 만나려 하다니. 하지만 그렇게 해서라도 나를 만나려 했던 그를 어리석거나 무모하다고 내가 말할 수 있는 걸까.

"오늘 중으로…… 돌아오는 거죠?"

그날 김상헌이 말했었다. 버스가 서울 터미널에 멈추었을 때

254

나는 잠에서 깨어나듯 그날 그가 했던 말을 떠올렸다. 사흘 전, 주은후를 만나러 나서던 날.

"그럴 거예요. 약속했잖아요."

내가 말했다.

"그래요."

나를 배웅하는 그의 웃음이 쓸쓸했다. 걱정하지 말라는 뜻으로 나는 김상헌에게 손을 흔들어 보였던가. 그랬던가.

그런데 사흘 만에야 나는 서울 터미널로 돌아왔다.

— ……희린 씨가 주은후 씨를 만나러 떠나고 나서도 나는 서브 라인을 통해 한 차례 더 주은후 씨와 통화했어요. 걱정돼서요. 내부자의 정보라고 언제나 정확한 것은 아니지만 안전을 위해서는 두 사람의 만남을 다시 고려하는 편이 좋을 거라고요. 희린 씨를 바람맞히는 게 차라리 모두를 위해 나을지도 모른다고 얘기했어요.

주은후 씨는 나에게 고맙다고 말하면서도 희린 씨를 만나겠다고 했어요. 내 말을 불신하거나 무시하는 느낌은 전혀 없었어요. 그런 느낌이 조금도 없었기 때문에 오히려 나는 패배감 같은 것에 사로잡혔어요. 희린 씨에 대한 그의 사랑이 너무 크고 간절해 보였으니까요. 심각한 위험조차 무릅쓰는 그의 마음이 말예요.

그러나 우리가 여러 번 얘기했듯이 그건 모두를 불행하게 할 수 있으며 결국 희린 씨의 불행으로 돌아올지 모른다고 말하고 싶었어요.

하지만 더는 입이 떨어지지 않았지요. 순간 나 스스로 어딘지 구차해진다는 느낌이 들었을 뿐더러 무엇보다 주은후 씨에게 내 진심이 읽히지 않을 것 같았으니까요. 그럴 밖에요.

솔직히 나는, 나는요.

희린 씨가 그를 만나러 가는 걸 원치 않았거든요. 그래서 만남을 자꾸 연기했던 것은 아니지만 나는 주은후 씨가 희린 씨 만나고 싶어 하는 거 인정하고 싶지 않았어요. 이게 내 진심이었던 거예요. 내 감정이 그랬어요. 이걸 감추고 나는 모두를 위해서라는 명분을 앞세우려 했던 거죠. 그러니 주은후 씨한테 더는 말할 수 없었던 거예요.

희린 씨에게, 로 시작한 편지는 김상헌의 가지런한 필체로 이어지고 있었다.

편지는 그와 내가 마주 앉아 자주 커피를 마시던, 창밖으로 박태기나무며 라일락이 내다보이는 주방 식탁 위에 놓여 있었다. 꽃 없는 가을 박태기와 라일락은 잘 구별되지 않았다.

식탁 위의 편지를 발견한 순간 집안의 살림살이들이 일제히 숨을 죽였다. 읽기도 전에 나는 편지의 내용을 다 알 것만 같아 불안했다. 첫 문장을 읽고 두 문장을 읽을 때 나는 이미 끝도 없고 알 수도 없는 가을 길을 혼자 걷고 있었다.

— ……나는 희린 씨가 돌아오기만을 기다렸지요. 사실은 중간에 식당 주인과 한 차례 통화도 했어요. 두 사람이 아무 일 없이 잘 만나고 있다는 얘기를 전해 듣고 무엇보다 안심이 됐고, 만남을 세 차례나 지연시켜 온 나만 실없는 사람이 된 거 아닌가 자책도 했고, 그리고 더 솔직히 말하자면 두 사람의 만남의 장면을 길게 상상하기 싫었어요.

나는 희린 씨가 너무 늦지 않게 돌아오기만 바랐지요. 그러겠다고 희린 씨가 약속했으니까 가만히 기다리면 됐었는데 그러질 못했어요. 이상하게 그러질 못했죠. 안 좋은 예감 때문에.

예감은 이상하게도 두 사람이 안전하게 잘 만나고 있다는 사실과는 다른 쪽으로 번졌죠. 불안으로요. 희린 씨가 오늘 못 돌아올지도 모른다는. 문제가 생겨서가 아니라 아무 문제도 안 생겨서. 그와 함께 있고 싶어서. 돌아오지 못하는 게 아니라 돌아오고 싶지 않아서.

알아요. 예감이 아니라 강박이었던 거지요. 우려했던 것과는 달리 희린 씨는 주은후 씨를 잘 만나고 있었잖아요. 너무요. 주은후 씨가 매우 심각해질 수 있는 사태까지 무릅쓰며 희린 씨를 만나는 게 나를 초조하게 했겠지요. 무엇보다 내 마음을 모르지 않을 희린 씨가 먼 길을 마다 않고 그에게 가 있는 거였고요. 예감

은커녕 집착이 몰고온 강박이었던 거예요.

언제까지 내가 이런 식으로 끼어 있어야 할까 싶었죠. 두 사람 사이에. 그리고 마침내는 희린 씨가 오늘 돌아오지 않을 거라는 미친 확신까지 생겼어요.

물론 나는 내 확신을 믿고 싶지 않았어요. 그래서 다짐했죠. 정말 그리된다면, 정말 희린 씨가 돌아오지 않는다면 나는 떠날 거라고요. 당신을 떠나야만 할 거라고요. 목숨을 걸고 그러겠다고요. 사랑하는 당신의 삶에 방해가 되지 않겠다고. 유치한 충동이었지만 스스로 그렇게 다짐을 했지요.

왜냐하면 당신은 돌아올 거였으니까. 그럴 거라고 믿고 있었으니까. 돌아올 거라고.

이 사람은 어디에 가 있는 걸까. 어디로 간 걸까. 편지를 읽으면서 나는 생각했다. 옷장에 숨어 있다가 어훙, 하고 튀어나오는 그를 상상하자 오히려 나의 절망은 걷잡을 수 없이 확연해졌다. 찾을 수 없겠구나.

찾을 수 있게 숨거나 떠날 그가 아니었다. 비록 찾을 수 있다 하더라도 그에게 끝내 이해를 구할 수 없는 부분이 나에게는 있었다. 그가 이해해 준다면 모를까 그것은 내가 먼저 구해야 할 바가 아니었다.

김상헌이 가장 우려했던 것. 그가 용인할 수 있는 범주를 넘어서는 것과 관련된 것. 내가 거짓을 말하지 않는다면 김상헌에게 받아들여지지 않을 그것.

그러나 나는 김상헌의 최소한의 요구가 무엇인지 잘 알고 있었고, 나 스스로도 용인 못 할 일이었음에도 나는 진즉에, 주은후가 다시 내 앞에 나타났을 때부터, 모든 변명을 접고 솔직하게만 말하자면, 나는 두 사람의 연인이었다. 이해로 해결될 일이 아니었다.

어쩌면 일찍부터 나는 어떤 식의 파국이든 예감하고 있었을지도 모른다. 그러므로 그것은 미연에 방지됐어야 했다. 그러나 그러지 못했다.

나는 유약했으며 지나치게 이기적이었다. 잘못인 줄 알면서도 못 빠져나왔던 것이 아니라 둘을 사랑하는 것이 조심스러웠을망정 완전한 잘못이라는 생각에 이르지 못했다.

한 사람과 헤어지지 않은 채 다른 사람을 만난 것. 그것도 내 고의는 아니었다. 가책이 전혀 없었던 것은 아니지만 두 사람의 품 안에서 가책은 거짓말처럼 잊혔다.

미안하다. 정말 미안하다.

모두에게 미안하나 두 사람이 떠난 뒤로 나는 더욱 거짓말처럼 다른 남자를 알지 못했다. 33년 동안 아이를 키우며 오로지 혼자 지냈다. 그러자고 그랬던 건 아니고 그리되었다.

나는 노인이 되었고 생테밀리옹은 아니지만 남녘 바다가 내려다보이는 언덕의 작은 카페에서 아이스크림을 만들고 커피를 내리며 나이를 더 먹어가고 있다.

아직도 나에게 떠오르는 남자란 둘뿐이다. 미안하다. 차마 김상헌을 찾을 수 없었다. 그러나 그리워 기다리는 마음까지 무턱대고 죄악시하지 않았다. 아들과 함께 한 해에 한 번 주은후의 무덤을 찾는 것도 선선하다.

그날 식탁에 놓여 있던 그의 편지. 내용과는 다르게 그것은 꽤나 산뜻한 편지 봉투 안에 있었다. 연두색 편지 봉투였다.

— ……당신이 오지 않아 다시 식당에 전화를 했어요. 너무 늦은 시각이어서인지 전화를 받지 않았죠. 지인에게 확인해 봤어요. 시흥군 쪽에서 혹시 상황이 전개된 거 있느냐고요. 그랬더니 없대요. 공안 상황실이 종일 잠잠했던 하루라고 했어요. 걱정 말라더군요. 걱정 말라고. 나의 걱정은 그때부터 시작되었는데 말이죠.

지인의 전화번호를 남겨둘게요. 혹시라도 필요하면 도움을 청하세요. 나는 이 밤을 새워 당신을 기다릴 거예요. 아직 그럴 거예요. 아침이 오지 않길 바라며. 이대로 아침이 오면 어떻게 될지 나도 모르겠어요.

미리 안녕이라고 말하진 않을게요. 당신이 평안하고 행복하길. 진심이에요 이것은. 어떻게 하는 것이 당신이 더 평안하고 행복해질까만을 밤새 생각할 거예요.

당신을 사랑하는 김재원.

언제까지나.

죽음을 무릅쓰고 주은후가 나를 만나려 했다니. 죽음을 무릅
쓰고 김상헌 또한 나에게서 떠난 거라니. 주은후의 사태를 김상
헌에게 전할 수 없고 김상헌의 잠적을 주은후에게 알릴 수도 없
는 나는 그렇게 혼자가 되었다.

김상헌은 보안수사대 쪽 지인의 전화번호를 나에게 남겼다. 김
상헌이 주은후의 위치를 수사대 내부자에게 역으로 제공했을지
도 모른다는 터무니없던 의심이 부끄러웠다.

김상헌은 언제 집을 떠났던 걸까. 병원에서 깨어나 그에게 전화
를 걸었을 때 그는 받지 않았다. 수십 번을 반복해 걸었으나 끝내
받지 않았다. 편지에 쓰여 있는 것처럼 그는 진군해 오는 아침의
발소리가 두려워 더 밝기 전에 깊고도 긴 어둠의 끝으로 사라져
가버린 것일까.

나는 김상헌에게 답장을 쓰기 시작했다. 보낼 곳도 받을 이도
없는 편지를 하염없이 쓰기 시작했고 그것이 내 편지 쓰기의 기
원이 되었다.

처음에는 김상헌에게 쓰다가 하늘에도 쓰고 바람에게도 쓰고
어떤 집의 강아지에게도 썼다. 제자들에게 쓰고 이웃에게 쓰고 정
육점과 건어물상에 돼지 목살 맛있었어요, 코다리 깨끗하게 잘 말
랐던데요, 라고 엽서를 보냈다. 그러다 또 김상헌에게 편지를 썼다.

오래된 이야기들

◇

    — 편지 받으시는 대로 곧장 답장 주세요. 학교에서 선생님이 쳤던 게 피아노예요, 풍금이에요? 저는 풍금으로 기억하는데 경희 있죠, 김경희. 걔는 피아노라고 우기는 거예요. 선생님이 쳤던 건 피아노라고. 그때 풍금이 어딨었냐면서. 착각이라면서. 설령 있었더라도 그건 풍금이 아니라 전자오르간이었을 거라고. 그래서 싸웠어요, 걔랑. 경희 걔가 성격이 좀 그런 데가 있잖아요. 아닌 것을 기라고 우기는 거. 풍금 맞죠, 선생님? 전기가 아니라 발로 페달 밟아서 치던 풍금요. 빨리 답장 주세요.

    편지를 다 읽고 Tolo의 그녀가 소리 없이 웃었다. 이로 씨도 따라 웃었다.

"곤란하시겠어요. 싸움을 말려야 하는데 싸움이 더 길어질 수도 있잖아요. 피아노 아니면 풍금. 어쨌든 한쪽 제자분의 손을 들어주셔야 할 테니까."

"그럴 필요 없겠죠."

제자의 철없는 요구를 무시하겠다는 걸까. 이로 씨는 궁금했다.

그녀는 말을 잇지 않았다. 그럴 필요 없겠죠. 그러고는 끝이었다. 이로 씨 앞에다 커피를 가져다주었을 뿐.

더 기다려도 그녀는 말하지 않았다.

"이 커피가요……"

이로 씨가 말했다.

"진하거나 쓰지는 않은데요, 부드러운데요, 색깔은 무지 짙어서 표면이 거울 같아져요."

Tolo의 그녀는 웃기만 했다.

"거품도 없어요. 검고 진하면서도 이상하게 말개요. 들여다보면 얼굴도 비쳐요."

혼자 말하는 이로 씨를 그녀는 묵묵히 바라보았다. 자기장의 시선으로.

"맛은 말할 것도 없고요."

이로 씨는 자꾸 어딘가 켕겼다. Tolo에 들어서면서부터 그랬다. 그녀의 눈빛에 쫓기는 기분이 되었다.

"이 커피가 원조 에티오피아식, 원조? 하여튼 그런 커피라고 했

나요? 제가 잘못 들었나요? 그러니까 아이들 아버지, 아아, 남편
분께서 고집하셨던……."

이로 씨는 허둥대며 말을 이었다.

"남편분이 돌아가셨냐고, 예, 전에 제가 물었을 때, 그런 건 아
니라고…… 하셨잖아요."

그녀는 박솔의 어머니였다. 박솔은 아버지를 주은후로 알고 있
었다. 주은후는 죽었다. 그런데 그녀의 남편은 죽은 게, 그런 건
아니라고 그녀가 말했…….

이로 씨는 속엣말조차 더듬거렸고 그녀는 여전히 말이 없었다.
이로 씨는 속으로 다시 정리했다. 그녀는 박솔의 어머니다. 과연
박솔이, 결혼을 목전에 둔 박솔이 주례를 서기로 한 나에 대해 어
머니에게 아무것도 말하지 않았을까.

"박솔의…… 어머님 되시죠?"

나는 말해 버렸다. 그녀는 고개를 끄덕이지도 않았다. 이로 씨
만 바라봤다.

"아, 저, 제가 박솔의 주례를 맡기로 한…… 사람입니다. 죄송
합니다."

"죄송하다니요 무슨 그런 말씀을. 제가 감사를 드려야 마땅할
일이지요. 정말로 감사합니다. 감사합니다."

그녀가 고개를 숙였다. 깊이 숙였다.

"제가 주례를 서기로 했다는 걸 언제 아셨습니까?"

이로 씨가 물었다.

"지금이요."

그녀가 활짝 웃었다.

이로 씨는 그녀가 조금, 아니 무한히 무섭고 징그러워졌다. 박
솔이 말했을 거라는 생각을 떨쳐버릴 수 없었다.

어차피 그녀의 원고가 이로 씨의 편지 뭉텅이와 함께 영월에
도착했을 터였다. 그녀에게 모든 걸 고백하지 않을 수 없는 시점
이었다. 이로 씨는 말했다.

"거듭 죄송합니다만, 저는 소설가고, 예, 아드님이 응모한 원고
를 읽을 수밖에 없었습니다. 심사를 했으니까요. 책을 내보는 건
어떻겠냐고 제안했던 것도 저였습니다."

"그러시군요."

점입가경이라는 생각이 들었을까. 그녀는 더 해보려면 해보라
는 식이었다. 이로 씨에겐 그렇게 보였다.

"그리고 이 커피와 똑같은 커피를 만드는 사람을 알고 있습니다.
김재원이라는 사람인데 언젠가 정선에서 그의 커피를 처음 마셨
지요. 원고의 말미에도 한 번 등장하더군요. 김재원이라는 이름."

"이름을 바꾸어준 것일 테지요. 나는 그런 걸 잘하거든요. 제자
이름도 딸 이름으로 바꾼 적이 있잖아요. 그 사람 그때 워낙 세상
에 이름이 알려졌어서, 양심선언 때문에, 그래서 많이 불편했거든."

그녀는 이로 씨의 말에 비로소 호응하기로 한 것 같았다. 그녀

도 슬슬 정신이 들었던 걸까.

"그동안 Tolo를 들락거렸으면서도 진작 말씀 드리지 않았던 것은 예, 음, 다름이 아니라, 좀 신중을 기할 필요가 있을 것 같아서였어요. 신중이요. 처음엔 저도 짐작일 뿐이었으니까요. 믿을 수 없었으니까. 흔한 우연이랄 수는 없잖아요, 이게."

박솔이 진짜 말 안 했을까. 이로 씨는 고개를 갸웃거렸다.

"어떤 작품을 쓰신 작가님이실까요?"

그녀가 불쑥 물었다.

"뭐, 예, 별거 없습니다. 최근에는 『옆에 앉아서 좀 울어도 돼요?』라는 슴슴한 소설을 냈습니다만."

이로 씨는 얼굴이 화끈거렸다. 이로 씨도 불쑥 물어버렸다.

"그런데 어째서 아드님에게는 아버지를 주은후라고 했을까요?"

"세상에 아버지가 없는데, 애한테 평생 보여줄 수 없는데, 도리가 없었을 테지요. 그럴 때 모든 어머니들이 하는 말이잖아요. 죽었단다. 그게 제일 쉽고 쓸 만할 테니까요. 무덤도 있고."

그녀는 거침없었다.

이로 씨는 이제 무슨 말을 해야 하나 속으로 생각했다.

"아, 김재원 씨가 서울에 있을 때는 뭘 했어요?"

"아이스크림 카페겠지요."

"오오, 정말요?"

"그걸 그대로 본딴 게 이 Tolo 아니겠어요."

"그때도 Tolo였고요?"

"네."

"무슨 뜻일까?"

"그리스 바닷가 마을이라네요."

"아아, 네. 음."

그곳도 이곳 같을까. Tolo. 이로 씨는 생각했으나 아무것도 떠오르지 않았다. Tolo의 창밖을 내다보았다. 푸른 창틀 밖으로 내려다보이는 바다가 오후의 햇빛을 받아 은박지처럼 번쩍거렸다.

"정말 오래된 얘기네요."

그녀가 긴 숨을 내쉬며 서늘하고 허스키한 목소리로 말했다. 그녀도 바다를 내려다보았다.

"오래된 얘기네요."

이로 씨가 따라 말했다. 무슨 뜻인지도 잘 모르면서 이것은 오래된 이야기다, 음, 오래된 이야기, 라고 이로 씨는 입안에 맴돌던 문장을 정리해 버렸다.

"학교에는 피아노가 있었어요. 그걸 쳤죠. 하지만 오래된 학교 창고에는 오래된 풍금이 있었어요. 풍금을 치던 나를 기억하는 제자들도 있을 테지요."

그녀가 말했다. 번쩍거리는 바다에서 눈을 거두지 않은 채.

"풍금은 파이프 오르간하고는 그 원리가 달랐어요. 파이프 오르간은 휘슬 구멍에 바람을 넣어 소리를 내는데 풍금은 리드라

270

는 얇은 막을 바람으로 불어 떨게 해서 소리를 내는 거였어요. 거기에도 두 가지 방식이 있었는데 바람을 밖으로 불어내며 소리를 일구는 풍금과 바람을 빨아들이며 내는 풍금이 있었어요. 빨아들이며 내는 풍금이 좀더 소리가 부드러운데 그게 좀더 오래된 풍금이라서, 오래돼서 귀했어요. 우리 학교에만 있었고요. 하여튼 저는 피아노도 쳤고 그 풍금도 쳤으니 한 놈의 손만 들어줄 필요가 없지요."

그녀의 말이 끝나기를 기다렸다는 듯이 그녀의 휴대전화가 울렸다. 그녀의 휴대전화 벨 소리는 피아노곡도 오르간곡도 아니었다. 너 뭔데 자꾸 생각나, 자존심 상해 애가 타, 빌리빌리빌리 밸리밸리밸리, 그러는 노래였다.

통화가 끝나는 대로 이로 씨는 Tolo의 근황을 김재원 씨에게 알렸노라고, 양해도 구하지 않고 그랬노라고 그녀에게 말할 작정이었다.

#17

그의 묘비에 주은후의 묘라고 적었다. 더는 뭐라 적을 말이 없었다. 나는 그의 삶과 죽음에 한 글자도 덧붙일 수 없었다.

그의 동료들, 동료들이라고 해야 할까, 그와 생사의 고락을 함께했던 사람들은 나에게 묘비명을 맡겼다. 나는 그가 어쨌든 가벼워지기만을 바랐으며 단 한 점의 오욕은 물론 상찬조차도 영혼의 날개를 무겁게 할 뿐이라고 여겼다. 나는 주은후의 묘라고밖에 쓸 수 없었고 그들은 내 필체를 떠다가 비석에 옮겨 새겼다.

그의 마지막에 가족은 없었다. 연락처조차 없었다. 그러나 가족이 없어 그가 더 외로웠던 것도 아니었고 그와 생사고락을 함께했던 사람들이 있어 쓸쓸하지 않았던 것도 아니었다.

그는 혼자 갔으니까. 동료들은 검거를 피해 장지에는 나타나지 않았다. 금방 세워져 모서리가 날카로운 그의 묘비 위로 벚나무 단풍이 떨어져 내렸다.

김상헌이 마지막 편지에 남긴 전화번호로 연락을 해서 그의 지인으로부터 어렵사리 도움을 받았지만 끝내 주은후를 살려낼 수는 없었다. 이미 죽은 뒤였으니까.

그가 죽었다는 진말파출소장의 말을 듣고 나는 그 자리에서 쓰러졌었다. 그곳 병원에서 간신히 몸을 추스르고 서울로 돌아왔으나 집에서 나를 기다리고 있었던 것은 김상헌의 마지막 편지였다.

한 사람은 죽고 한 사람은 떠난 거였다.

그런 줄만 알았는데 치안본부를 방문한 뒤 주은후가 죽지 않았을 수도 있다는 희망을 갖게 되었다.

"주은후는 6년 전에 사망했습니다."

보안 부서 담당자가 나에게 최종적으로 확인해 준 거였다. 주은후, 6년 전 사망. 그거라면 내가 이미 알고 있던 사실이었다. 그러나 주은후는 그 뒤로도 살아 있었지 않았던가. 살아서 나를 만나오지 않았던가. 달라진 게 없다는 거였다. 주은후는 살아 있었다.

진말파출소로 전화해 다시 확인했다.

"죽었다고 했잖아요. 무슨 뜻이었습니까, 그게?"

따져 물었다.

"죽었다는 기록이 있었으니까요."

소장이 말했다.

"혹시 6년 전의 기록 아닌가요?"

"그랬을 거예요. 왜요? 뭐가 잘못됐나요?"

"며칠 전에 빠져 죽은 게 아니었고요?"

"무슨 말씀을 하시는 건지 당최……."

신변이든 신병이든 주은후에게 변화가 없다는 뜻이었다. 주은후는 살아 있었다. 그때부터 나는 어렵게 어렵게 김상헌 지인의 도움을 받아 주은후를 찾기 시작했다.

하지만 결국 주은후는 가로 15, 세로 40센티미터의 묘비 아래 한 줌 재로 묻히고 말았다. 그가 세상을 떠난 것은 나와 마지막으로 만났던 그날이었다.

그동안은 그가 살아 있었고 시흥의 한 저수지에 빠진 것이 10월 17일 오후 4시경이었으며, 두 명의 체포조에 쫓기다 발생한 사건이기 때문에, 그의 신병과 사망일시에 대해 수사 당국이 정확히 확인해 줄 의무가 있노라고 나는 요구했다.

사망 일시가 올해 10월이라는 것. 그 전에는 살아 있었다는 사실 확인을 요구했다. 그래야 그가 죽었다는 6년 전 경찰의 발표가 거짓으로 드러나니까.

어느 부서의 누구에게 어떤 방식으로 민원을 넣고 확인 절차를 거쳐야 하는지에 대해서는 김상헌의 지인이 애를 써주었다.

문제는 주은후가 그동안 살아 있었다는 사실을 증명할 그 무엇도 없다는 거였다. 그는 노출 없이 활동하고 나를 만났으며 사진을 찍거나 찍히는 일을 철저히 피했다. 지금이라면 맥도날드에도 CCTV가 있지만 그때는 그런 게 없었다.

출두가 가능하지 않았던 주은후 동료들의 서면 증언과 그들이 제출한 주은후 관련 녹음 및 문서 자료도 증거 능력을 인정받지 못했다. 명백한 증거조차 사전에 조작되고 은폐되거나 재판부에 의해 인정받지 못하던 시절이었다.

유일한 증인이었던 식당 주인 남자의 증언도 없었다. 나를 파출소에 태워다 주고 병원에 입원까지 시켜주었던 그가 침묵했다. 그를 찾아갈 때마다 나에게 완강히 등만 보이더니 나중에는 화를 내고 울먹이며 제발 다시는 찾지 말아달라고 사정했다. 커다란 덩치가 두려움에 떨었다.

당국에서는 주은후의 유해를 나에게 인계하는 것으로 생색을 내며 사태를 일단락 지으려 했으나 오히려 그것은 나에게 기회가 되었다. 그들의 말대로 주은후는 6년 전에 죽었고 잔설이 차갑던 겨울 언덕에 뿌려졌다. 김상헌과 내가 직접 가서 확인하며 절망하고 슬퍼하지 않았던가. 그런데 주은후의 유해를 내어주겠다니. 앞뒤가 안 맞는 말이었다.

그러나 희망과 기회라고 여겼던 것들이 얼마나 부질없는 꿈이었는지 곧 알게 되었다.

"6년이나 지난 지금도 어떻게 이토록이나 깨끗하게 잘 보관돼 있는 거죠?"

내 질문에 담당자가 말했다.

"잘 보관해 드려야죠. 유해인데 어찌 야속하게 법대로만 따져 처리하겠어요. 무연고 유해라도 10년까지는 모셔드립니다."

저들의 거짓을 폭로하기 위해 나는 주은후로 뒤바뀐 유해가 뿌려졌던 그 겨울 언덕의 시설로 찾아가 화장과 산골에 관한 증명을 뗐다. 나와 김상헌이 그곳을 찾았을 때 재직하던 직원이 마침 그때까지도 있었다. 폐관을 알리는 미술관 직원의 말투로 산골 처리되었노라 말했던.

하지만 화장과 산골에 관한 서류 어디에도 주은후의 이름은 없었다. 주은후든 주은후로 뒤바뀐 유해든, 어쨌든 주은후의 이름으로 처리되었던 겨울 언덕의 산골은 애당초 존재하지도 않았던 사실이 되어 있었다.

나는 단단한 조롱에 갇혀 있었던 것이다. 저들은 증거와 증인을 아무렇지도 않게 바꾸거나 없앴고 나는 그런 자들이 운영하는 나라에 태어나 자랐던 것이다.

김상헌의 지인이 어느 날 나에게 말했다. 더는 도와드릴 수 없습니다. 제가 접근할 수 있는 정보에도 직책상의 한계라는 것이 있습니다. 이런 말이 아니었다.

"주은후 씨가 사망한 것은 맞습니다."

그가 한 말이었다.

저들과 싸움을 계속하더라도 나는 주은후의 유해를 받기로 했다.

"이것이 주은후의 유해인 것은 맞습니까?"

받으며 내가 물었다.

"아닐 이유가 있겠습니까."

언제나 그랬듯이 보안부 담당자는 담담하게 대답했다.

"아닐 이유는 얼마든지 있지요."

"디엔에이 검사를 해보시면 됩니다."

그가 너무도 자신 있게 말하는 바람에 믿을 뻔했다. 주은후에게 가족이 없다는 사실을 나보다 더 잘 알고 있을 그들이었다.

"다른 유품이라도 주세요."

나는 요구했고 이틀 만에 주은후의 유품이 정말로 왔다.

그날 식당에 입고 나왔던 그의 옷이었다. 버섯찌개를 먹다 흘린 얼룩마저 그대로인. 6년이 지난 옷이라기엔 너무도 새 옷인. 나에겐 또 하나의 증거였다.

주은후의 유해인 것이 맞다는 김상헌 지인의 통보를 받고 나는 주은후 동료들의 주선으로 그를 마석 공원묘지에 묻었다. 그의 이름 앞에 열사를 붙이자는 의견이 있었으나 그의 동료들은 묘비명을 나에게 맡겼다.

나는 그의 묘비에 주은후의 묘라고 적었다.

어찌해서 그는 한 번 죽었던 방식으로, 그것도 죽었던 장소와 그리 멀지 않은 곳에서 생을 마감했던 걸까.

그의 넋을 달래기 위해서라도 나는 힘껏 뛰어다니며 조작되고 은폐된 그의 죽음을 각처에 알렸다. 그러나 주은후의 사망 사건은 물론 6년 전 허위 보고 사건도 고스란히 묻혔다.

나는 그의 사태를 A4 용지 160장 분량으로 정리했다. 내가 관련된 부분에서는 가감 없이 나를 드러냈다. 여러 권 카피해 언론사에 돌렸으나 어떤 매체도 보도하지 않았다. 나는 오랫동안 그런 나라에 살았다. 정말 오랫동안 그랬다.

그동안 나는 나이를 먹었다. 더 나이를 먹겠지.

바다 위를 나는 저 갈매기가 없다면 과연 시간은 흐를까. 바람과 저 낙화가 없다면.

나는 그것들이 내려다보이는 언덕에 산다.

흘러가줘서 고맙다.

이로 씨는 정면을 똑바로 바라보았다. 누구보다 긴장한 모습이 역력했다.

사회자가 신부의 입장을 알렸다. 식장의 저 맨 끝에서 아버지의 팔짱을 낀 신부가 천천히 걸어왔다.

신랑인 박솔은 이미 조금 전에 성큼성큼 걸어와 이로 씨 앞에 우뚝 섰다. 이로 씨로 하여금 첫눈에 확신을 갖게 했던 외모의 박솔이었다. 영월의 김재원에게 알리고 싶어 마음 졸였던.

하객의 눈이 일제히 신부 쪽으로 쏠렸다. 여기저기서 탄성이 흐르고 사회자의 유도에 따라 박수가 터져 나오기도 했다.

이로 씨는 천천히 다가오는 봄 신부의 사뿐한 걸음을 바라보며 자기도 모르게 마른침을 삼켰다. 나이 먹은 돌싱에게 결혼식 주례라니. 허어, 만감이 교차하는구나, 만감이. 이로 씨는 속으로 중 얼거렸다.

만감이 그것 때문만이었을까. 이로 씨는 가쁜 마음으로 예식장 의 넓은 실내를 한 바퀴 휘둘러보았다. 신랑 측 하객 대부분은 시 장 사람들이었다. 건어물상, 도다리쑥국집, 볼락집, 시락국밥집, 랑그드샤 아이스크림집, 한우양지전복물횟집, 그리고 꿀빵집과 다찌집들.

벨도 있었다. 여전히 반가운 빨간 옷. 그리고 낚시를 너무 잘해 서 탈인 볼락집 삼촌도 회오리 막걸리의 사내도 정장 차림으로 참석해 있었다. Tolo의 그녀에게 엽서를 받는 사람들이었다.

만감의 이유가 또 그것뿐이었을까. 신부를 대동하기 위해 신부 아버지가 자리를 비웠으므로 신부 부모 측 자리에는 신부의 어 머니뿐이었다. 그리고 신랑 부모 측 자리에는 박희린과, 그녀가 이 름을 바꿔주었다는 김재원이 나란히 앉아 있었다. 그가 누구인지 물을 필요도 없을 만큼 김재원과 박솔은 한 얼굴이었다.

봄이었다. 바깥도 안도 꽃이었다. 신부와 아버지가 카펫 위에 뿌려진 꽃잎을 밟으며 다가오고 있었다.

"하필이면 아르헨티나였어요?"

그날 이로 씨는 Tolo의 그녀에게 물었다. 오래된 풍금을 얘기하 던 날.

"아르헨티나요?"

그녀가 되물었다.

"아드님한테 아버지가 아르헨티나에 갔다고 하셨다면서요?"

"그랬나?"

"생각 안 나세요?"

"그랬을 테지요. 그 나라가 지구 반대편에 있어서였겠고요. 가장 먼 곳이니까. 가장 멀어야, 없는 게 되니까."

그리고 그녀는 웃었다. 허하고 가슬가슬한 웃음.

"한국에도 생테밀리옹 같은 데가 있어요."

이로 씨는 말머리를 돌렸다. 슬슬 김재원 얘기를 할 때라고 생각했다.

"그래요? 포도밭이 많은 덴가?"

그녀가 물었다.

"그건 아니고요. 무인역이 많은 곳이에요. 사람 없는 기차역이요."

"생테밀리옹역도 사람이 없는 역인가요?"

"맞아요!"

이로 씨는 공연히 소리를 질렀다.

"어딜까, 한국에 무인역이 많은 데가."

"영월이요. 석항역, 연하역, 탄부역, 청령포역."

"그렇게나요? 그게 다 영월에 있다고요?"

"아예 역무원이 없는 역도 있고요, 있어도 승객은 안 받는 역도 있어요. 화물만 받고."

"그런 걸 어떻게 자세히 아세요?"

그녀가 물었고 이로 씨는 이때다 싶었다.

"사실은 영월에……."

그때 그녀의 휴대전화가 울렸다.

너 뭔데 자꾸 생각나, 자존심 상해 애가 타, 빌리빌리빌리 밸리 밸리밸리…….

"여보세요?"

그녀가 전화를 받았다.

전화기 저편에서 뭐라 하는 소리가 이로 씨의 귀에까지 들렸다.

이로 씨는 설명도 자백도 더는 필요 없어졌다는 걸 알았다. 김 재원의 목소리였으니까. 이로 씨가 보낸 원고와 편지를 다 읽었을 김재원. 아니 김상헌.

이로 씨의 눈은 그녀의 표정에 박혀 있었다. 그런 표정을 뭐라 해야 할지, 37년간 자신이 써왔던 수많은 문장으로도 표현해 낼 수 없을 것 같았다.

김상헌이 그녀에게 뭐라 묻는 것 같았다.

그녀가 대답했다.

"통영이에요, 지금."

| 본문 인용 출처 |

148쪽, 221쪽 유치환, 「행복」

| 본문 가사 인용 목록 |

KOMCA 승인필

4쪽 〈청춘〉, 김필 · 김창완
271쪽, 282쪽 〈마지막처럼〉, 블랙핑크

통영이에요, 지금

초판 1쇄 2023년 3월 20일

지은이 | 구효서
펴낸이 | 송영석

주간 | 이혜진
기획편집 | 박신애 · 최예은 · 박강민 · 조아혜
디자인 | 박윤정 · 유보람
마케팅 | 김유종 · 한승민
관리 | 송우석 · 전지연 · 채경민

펴낸곳 | (株)해냄출판사
등록번호 | 제10-229호
등록일자 | 1988년 5월 11일(설립일자 | 1983년 6월 24일)

04042 서울시 마포구 잔다리로 30 해냄빌딩 5 · 6층
대표전화 | 326-1600 **팩스** | 326-1624
홈페이지 | www.hainaim.com

ISBN 979-11-6714-059-3